Bianca

D1037877

El príncipe y la princesa
Lynn Raye Harris

Editado por HARLEQUIN IBÉRICA, S.A.
Núñez de Balboa, 56
28001 Madrid

I.S.B.N.: 978-84-671-9994-9
Depósito legal: B-11369-2011
Editor responsable: Luis Pugni
Preimpresión y fotomecánica: M.T. Color & Diseño, S.L.
C/ Colquide, 6 portal 2 - 3º H. 28230 Las Rozas (Madrid)
Impresión en Black print CPI (Barcelona)
Fecha impresion para Argentina: 7.11.11
Distribuidor exclusivo para España: LOGISTA
Distribuidor para México: CODIPLYRSA
Distribuidores para Argentina: interior, BERTRAN, S.A.C. Vélez
Sársfield, 1950. Cap. Fed./ Buenos Aires y Gran Buenos Aires,
VACCARO SÁNCHEZ y Cía, S.A.
Distribuidor para Chile: DISTRIBUIDORA ALFA, S.A.

Capítulo 1

EL PRÍNCIPE Cristiano di Savaré se abrochó el último botón de la camisa de su esmoquin y se miró al espejo mientras se estiraba el cuello. El yate se balanceaba suavemente bajo sus pies, pero ése era el único indicio de que se encontraba a bordo de una embarcación y no en la lujosa suite de un hotel. Había recorrido más de tres mil kilómetros para estar allí aquella noche y, aunque no estaba cansado, la expresión de su rostro era seria, tanto que las líneas de expresión marcaban su frente y le daban un aspecto más maduro de los treinta y un años que tenía.

Tendría que esforzarse aquella noche antes de comenzar la caza de su presa. A pesar de que la misión que lo había llevado allí aquella noche no le proporcionaba placer alguno, no podía negarse a hacerlo. Forzó una sonrisa y la estudió en el espejo. Sí, con eso valdría.

Las mujeres siempre se rendían a sus pies cuando utilizaba su encanto.

Se puso la chaqueta y se quitó una mota de polvo con un rápido movimiento de la mano. ¿Qué pensaría Julianne si lo viera en aquel momento? Cristiano daría cualquier cosa por volver a verla. Seguramente, en un instante como aquél, le enderezaría la corbata y le rogaría que no tuviera un aspecto tan serio.

Se apartó del espejo. No deseaba seguir viendo la expresión que tenía en el rostro en aquel momento al pensar en su difunta esposa. Había estado casado durante un espacio tan breve de tiempo... No obstante, de eso había pasado ya tanto que, en ocasiones, no era capaz de recordar el tono exacto del cabello de Julianne o el sonido de su risa. ¿Era eso normal?

Estaba seguro de que así era, lo que le entristecía y lo enojaba a la vez. Julianne había pagado un precio muy alto por casarse con él. Cristiano jamás se perdonaría por haber permitido que ella muriera cuando podía haberlo evitado. Debería haberlo evitado.

Habían pasado cuatro años y medio desde que le permitió que se montara en un helicóptero que tenía como destino la volátil frontera entre Monterosso y Monteverde. A pesar del mal presentimiento que tenía, la había dejado marchar.

Julianne era estudiante de Medicina y había insistido en acompañarlo en una misión de ayuda. Cuando él tuvo que cancelar su visita en el último momento, debería haberle ordenado a ella que se quedara a su lado.

Sin embargo, ella le había convencido de que la princesa heredera debería trabajar para conseguir la paz con Monteverde. Como ciudadana estadounidense, se había sentido lo suficientemente segura visitando los dos países. Había estado completamente segura de que podía ayudar a cambiar las cosas.

Y Cristiano había dejado que ella lo convenciera.

Cerró los ojos. La noticia de que una bomba procedente de Monteverde había terminado con la vida de Julianne y con la de tres cooperantes había desencadenado la clase de ira y desesperación que no había experimentado nunca hasta entonces y que no había vuelto a sentir desde aquel momento.

Todo había sido culpa suya. Julianne seguiría con vida si él se hubiera negado a dejarla ir. Habría seguido con vida si él no se hubiera casado con ella. ¿Por qué había tenido que hacerlo? Se había preguntado estas cuestiones en innumerables ocasiones desde entonces.

No había creído nunca en flechazos o en el amor a primera vista, pero se había sentido muy atraído por ella. El sentimiento le había parecido tan fuerte que el hecho de casarse con ella le había parecido la decisión más acertada.

No lo había sido. Al menos para ella.

La verdad era que lo había hecho por razones muy egoístas. Había necesitado casarse, pero se había negado a permitir que fuera su padre quien dictara con quién tenía que casarse. Por ello, había elegido una mujer valiente y hermosa a la que apenas conocía simplemente porque el sexo era estupendo y a él le gustaba mucho. Le había robado el corazón y le había prometido la luna.

Y Julianne lo había creído todo. Hubiera sido mucho mejor que no fuera así.

«¡Basta!».

Volvió a erigir las barreras mentales para no seguir pensando. No le vendría nada bien si tenía que tratar con los invitados de Raúl Vega. Aquellos días oscuros formaban parte del pasado. Había encontrado un propósito después de todo lo ocurrido y no descansaría hasta que consiguiera alcanzarlo.

Monteverde.

La princesa. Ella era la razón de su presencia allí.

–Hermosa noche, ¿verdad?

La princesa Antonella Romanelli se dio la vuelta al salir de su camarote y se encontró con un hombre apoyado contra la barandilla, observándola. El agua del mar lamía suavemente los costados del yate y el olor a jazmín impregnaba el aire.

¿Cómo no iba a reconocer el nombre del Príncipe Heredero de Monterosso?

El mayor enemigo de su país. Aunque la historia entre las tres naciones hermanas de Monteverde, Montebianco y Monterosso no había sido pacífica a lo largo de los años, sólo permanecían en guerra Monteverde y Monterosso. Antonella pensó en los soldados de Monteverde destinados en la frontera aquella noche, en las vallas de alambre de espino, en las minas y en los tanques y experimentó una oleada de oscuros sentimientos.

Estaban allí por ella, por todos los habitantes de Monteverde. Mantenían al país a salvo de invasiones. Ella no podía fallar ni a sus soldados ni al resto de sus súbditos en la misión que la había llevado hasta allí. Su pequeña nación no desaparecería de la faz de la Tierra simplemente porque su padre era un tirano que había dejado en bancarrota al país y lo había conducido al borde mismo de la desaparición.

—No esperaba que fuera de otro modo, *principessa* —replicó él con frialdad.

Cristiano era un hombre muy arrogante. Antonella levantó la barbilla. Su hermano siempre le había dicho que no debía dejar mostrar sus emociones.

—¿Qué está haciendo aquí?

No había esperado la sonrisa de Cristiano. Unos dientes de un blanco imposible contra la oscuridad de la noche y tan amistosos como los de un león salvaje. Antonella sintió que se le ponía el vello de punta.

—Imagino que lo mismo que usted. Raúl Vega es un hombre muy rico. Podría crear muchos puestos de trabajo en el país que tuviera la suerte de conseguir que invirtiera en él.

Antonella sintió que se le helaba la sangre. Ella necesitaba a Raúl Vega y no aquel hombre arrogante y demasiado guapo que ya tenía todas las ventajas del poder y de la buena posición. Monterosso era un país muy rico. Monteverde necesitaba el acero de Vega para poder sobrevivir. Era cuestión de vida o muerte para los súbditos de Antonella. Desde que su padre había sido obligado a renunciar, su hermano mantenía el país unido a duras penas por su increíble fuerza de voluntad. Sin embargo, no podría aguantar mucho tiempo. Necesitaban el dinero de Vega para salir adelante y demostrar a otros inversores que Monteverde seguía siendo una apuesta segura.

Los créditos astronómicos que su padre había contraído debían satisfacerse muy pronto y no había dinero con los que pagar. No se podían pedir más prórrogas. Aunque Dante y el gobierno habían actuado en el mejor interés de la nación al provocar la renuncia de su padre, las naciones acreedoras habían considerado los acontecimientos con miedo y sospecha. Para ellos, las peticiones de prórroga de los créditos significarían que Monteverde estaba buscando maneras de conseguir que los préstamos se declararan nulos.

Un compromiso con Aceros Vega podría cambiar todo aquello.

Si Cristiano di Savaré supiera lo cerca que estaban de desmoronarse...

No. No podía saberlo. No lo sabía nadie, al menos de momento, aunque el país no podría ocultarlo por mucho tiempo más. Muy pronto el mundo lo sabría. Monteverde dejaría de existir. Este pensamiento le insufló valor en las venas.

–Me sorprende que a Monterosso le interese Aceros Vega –dijo fríamente–. Además, el interés que yo siento por el señor Vega no tiene nada que ver con los negocios.

Cristiano sonrió.

–Ah, sí. He oído rumores. Sobre usted.

Antonella se cubrió el hermoso vestido de seda color crema que llevaba puesto con un chal de seda. Cristiano había hecho que se sintiera barata, pequeña, sucia e insignificante sin utilizar una sola palabra malsonante. No había sido necesario. Las implicaciones eran claras.

–Si ha terminado, Su Alteza –dijo ella, fríamente–, me esperan para cenar.

Él se acercó un poco más. Era alto y de anchos hombros. Antonella tuvo que armarse de valor para no dar un paso atrás. Se había pasado años acobardándose ante su padre cuando éste sufría un ataque de ira. Cuando lo arrestaron seis meses atrás, se prometió que no se volvería a acobardar nunca delante de un hombre.

Permaneció rígida, expectante. Temblando y odiándose por esa debilidad.

–Permítame que la escolte, *principessa,* dado que yo me dirijo en la misma dirección.

Estaba tan cerca y resultaba tan real, tan intimidatorio...

–Puedo encontrar el camino sola.

–Por supuesto –replicó él, aunque la sonrisa no le iluminó la mirada.

Bajo aquel comportamiento tan estudiado, ella sintió hostilidad. Oscuridad. Vacío.

–Pero si se niega –añadió–, yo podría pensar que usted tiene miedo de mí.

Antonella tragó saliva. Un comentario demasiado ajustado a la realidad.

–¿Por qué iba yo a tener miedo de usted?

–Pues eso digo yo –respondió él. Extendió el brazo, retándola para que aceptara.

Antonella dudó, pero se dio cuenta de que no había manera de escapar. Ella jamás saldría corriendo como una niña asustada. Que la vieran con él era una traición para Monteverde, pero estaban en el Caribe. Monteverde estaba a miles de kilómetros. Nadie lo sabría nunca.

–Muy bien.

Cuando le colocó la mano sobre el brazo, estuvo a punto de retirarla por la sensación que experimentó. Tocar a Cristiano era como tocar un relámpago. A ella le pareció que él sentía lo mismo, pero no podía estar segura.

Era su enemigo. Cuando él le colocó una mano por encima de la de ella, se sintió atrapada. El gesto era el que marcaba el protocolo para un caballero que acompaña a una dama a un acto. No era nada y, sin embargo...

El corazón de Antonella dio un salto. Había algo en él, algo oscuro y peligroso, completamente diferente a la clase de hombres que ella conocía.

–¿Lleva mucho tiempo en el Caribe? –le preguntó él mientras avanzaban por cubierta.

–Unos días, pero no he tenido mucho tiempo de visitar la zona.

–Ya me lo imagino.

Antonella se detuvo en seco al escuchar el tono de su voz.

–¿Qué se supone que significa eso?

Cristiano se volvió hacia ella y la miró de nuevo de la cabeza a los pies. Como si estuviera evaluándola. Juzgándola. Sin poderse explicar por qué, ella se encontró deseando saber de qué color eran aquellos ojos que tan intensamente la observaban. ¿Azules? ¿Grises como los suyos? No podía saberlo, pero sí que la dejaron temblando y vibrando a la vez.

–Significa, *principessa,* que cuando una persona se pasa demasiado tiempo boca arriba, no puede esperar poder hacer mucho turismo.

Antonella contuvo la respiración.

–¿Cómo se atreve a fingir que me conoce?

–¿Y quién no conoce a Antonella Romanelli? En los últimos seis meses, se ha hecho usted muy conocida. Se pasea por toda Europa vestida con los últimos modelos, asistiendo a las mejores fiestas y acostándose con quien le apetece en cada momento. Como Vega.

Si Cristiano le hubiera atravesado el corazón directamente con una flecha, no le habría hecho tanto daño. ¿Qué podría decir ella para defenderse?

Se dio la vuelta, pero Cristiano le agarró una muñeca para que no escapara. De repente, el corazón de Antonella comenzó a latir tan fuertemente que ella temió que fuera a desmayarse. Su padre era un hombre fuerte, un hombre de airado temperamento y de puño rápido cuando se enojaba. Ella había lucido la marca de ese puño en más ocasiones de las que quería recordar.

–Suélteme –le espetó.

–Su hermano debería controlarla mejor –dijo. Ella consiguió zafarse y se frotó la muñeca.

La ira sustituyó rápidamente al miedo.

–¿Quién se cree usted que es? Sólo porque sea el heredero del trono de Monterosso no le convierte en una persona especial para mí. Mi vida no es asunto suyo. Sé lo que piensa de mí, de mi pueblo, pero quiero que sepa también una cosa. No nos ha derrotado en más de mil años y no lo va a conseguir ahora.

–Bravo –comentó él–. Muy apasionada. Uno no puede dejar de preguntarse cómo de apasionada podría ser usted en otras circunstancias.

–Pues tendrá que seguir preguntándoselo, *Su Alteza*, porque le aseguro que yo sería capaz de tirarme por la borda de este yate antes de compartir mi cama con un hombre como usted...

No es que ella compartiera su cama nunca con ningún hombre, pero él no tenía por qué saberlo. Jamás había encontrado un hombre en el que confiara lo suficiente como para entregarse a él, pero lo único que hacía falta eran unas cuantas fiestas, unos rumores y unas fotos para convertir una verdad en una mentira. La mayoría de los hombres creían que era una mujer sofisticada y mundana y con el único con el que había salido tras librarse de la mano de hierro de su padre se había dedicado a contar la mentira de que se había acostado con ella. Otros habían seguido haciendo lo mismo hasta el punto de que resultaba imposible separar la verdad de los rumores.

Dios, los hombres la ponían enferma y el que tenía delante en aquel momento no era diferente. No podían ver más allá de la superficie, razón por la cual ella se cuidaba y se acicalaba para adoptar el cuidadoso exterior de una mundana princesa. Su belleza era la única faceta de su personalidad que se le había permitido cultivar dado que nunca se le había permitido tener ninguna profesión. También era su escudo. Cuando centraba su atención en su apariencia física, no necesitaba compartir sus secretos ni sus temores con nadie. Podía ocultarse bajo su exterior, segura de saber que nadie podía hacerle daño de esa manera.

El sonido de la risotada de Cristiano la devolvió al presente. Se dio cuenta demasiado tarde de que acababa de hacer lo impensable. Había desafiado a un hombre con una legendaria reputación de acostarse con todas las mujeres que quería. Un hombre del que las mujeres se quedaban prendadas

Antonella conocía bien los rumores sobre el Príncipe Heredero de Monterosso. Había estado casado en una ocasión, pero su esposa había fallecido. Dado que ninguna mujer era capaz de llamar su atención durante más de unas pocas semanas o un par de meses como mucho, era un seductor y un rompecorazones reconocido. Un lobo con piel de cordero, tal y como lo habría definido su amiga Lilly, la Princesa Heredera de Montebianco.

–Tal vez no haga falta algo como eso –dijo él, acercándose a ella. Antonella dio un paso atrás y entró en contacto con la pared del yate. Cristiano puso una mano a ambos lados de la cabeza de ella, atrapándosela. Entonces, se inclinó hacia ella un poco más, sin tocarla–. Tal vez podríamos poner a prueba esa determinación suya con un beso.

–No puede hablar en serio –replicó ella.

–¿Por qué no?

–¡Usted es el príncipe de Monterosso!

Él volvió a echarse a reír, pero sin alegría. Esto la confundió aún más o tal vez fue simplemente la abrumadora cercanía lo que asombraba por completo sus sentidos.

–Así es, pero usted es una mujer y yo un hombre. La noche es cálida, perfecta para la pasión...

Durante un instante, Antonella se quedó paralizada. Él la besaría en cualquier instante. Entonces, su alma estaría en peligro porque había algo sobre él que le aceleraba el pulso. Los pezones se le irguieron y sintió un ligero hormigueo en la piel. Los lugares más íntimos de su cuerpo parecían suavizarse, deshacerse...

En el último instante, cuando los labios de él estaban a un milímetro de los de ella, cuando el cálido aliento de Cristiano se mezcló con el de ella, Antonella encontró la fuerza suficiente y se zafó del brazo que la aprisionaba agachándose por debajo.

–Muy bien, Antonella, pero veo que tiene usted bastante práctica en este juego, ¿verdad?

Antonella se puso rígida. ¿Por qué sonaba su nombre tan exótico cuando él lo pronunciaba?

–Es usted despreciable. Quiere apoderarse de lo que no es suyo y recurre a la fuerza para conseguirlo. Exactamente lo que yo esperaría de cualquier monterossano.

Si Antonella quería enojarle con estas palabras, se sintió desilusionada. Él simplemente sonrió gélidamente. Tanta frialdad hizo que ella se echara a temblar.

–Excusas, excusas, *principessa*. Eso es lo que se les da bien a los de su país, ¿verdad? Como no son tan ricos ni tan prósperos como nosotros, nos culpan de sus males. Y toman vidas inocentes para justificar su hostilidad.

–No pienso escuchar nada de esto –replicó ella. Se dio la vuelta para marcharse.

–Eso es, vaya corriendo a buscar a su magnate del acero. Ya veremos lo que valora más, si su amante o su cuenta bancaria.

Antonella se dio la vuelta. La amenaza había resultado más que clara en la voz de Cristiano.

–¿Qué quiere decir con eso?

–Significa, bellísima *principessa,* que yo también tengo una proposición para Vega. Estoy dispuesto a apostarme lo que sea a que mi dinero derrota a... sus evidentes encantos.

–¿Cómo se atreve a...?

–Creo que ya ha utilizado esa expresión. ¡Qué aburrido!

Antonella se echó a temblar de furia. Aquel hombre era imposible e insoportable... y desgraciadamente también ejercía un increíble efecto en sus sentidos. Seguramente era la ira la que la hacía sonrojarse, la que le provocaba un hormigueo insoportable en la piel. Cristiano estaba amenazando todos sus esfuerzos y arrebatarle a Vega antes de que ella consiguiera atraparlo. Tenía que conseguir esas inversiones para Monteverde. Tenía que hacerlo.

Para alcanzar sus propósitos, tenía que centrarse. Tenía que tranquilizarse. Necesitaba comportarse como la princesa que era, a pesar de cómo le hiciera sentirse aquel hombre, tenía que jugar bien sus cartas.

Poco a poco, sintió que la seguridad y la tranquilidad se apoderaban de ella. Decidió que no dejaría que él la intimidara.

—Tal vez hemos empezado con mal pie —ronroneó. Necesitaba confundirlo. Para conseguirlo, representaría el papel que él le había dado. Le haría creer que existía la posibilidad de tener sexo con ella. Lo haría para distraerlo mientras hacía todo lo posible para hacerse con Aceros Vega antes de que él pudiera arrebatarle aquella victoria.

A pesar de su inexperiencia, no le resultó difícil representar su papel. En momentos como aquél, era capaz de cualquier cosa. Era el único modo de poder fingir ser otra persona. Había conseguido esta habilidad a lo largo de los años vividos junto a un padre que la maltrataba.

Cristiano se mantuvo firme mientras ella levantaba las manos hacia él para acariciar la recién afeitada mejilla, la boca y su barbilla.

Resultaba imposible leer sus ojos. Entonces, algo pareció prenderse en sus profundidades, algo que la asustó y la animó al mismo tiempo. Tal vez estaba yendo demasiado lejos, estaba cometiendo un error...

—Estás jugando con fuego, *principessa*...

Antonella se esforzó por ignorar las alarmas que empezaron a sonar en su cabeza cuando ella le deslizó la mano por la nuca, hundiéndole los dedos en el cabello y acercándose al mismo tiempo... ¿De verdad sería capaz de hacer algo así?

Sería capaz y lo haría. Ya vería él lo de qué pasta estaba hecha una monteverdiana. Él no la intimidaría. No ganaría.

Lentamente, ella le bajó la cabeza. Muy lentamente. Él no intentó apartarla, simplemente obedeció lo que ella le indicaba. Antonella no se engañó haciéndose creer que ella tenía el control. Cristiano estaba interesado, igual que un gato está interesado por un ratón. Sin embargo, por el momento, él dejaba que ella lo guiara. Era lo único que Antonella necesitaba.

Cuando él estaba a sólo unos centímetros de distancia, Antonella volvió a acariciarle la mandíbula. Sobre la hermosa boca porque no pudo evitarlo. No podía hacerlo demasiado fácil por supuesto, porque si no él vería sus intenciones. Tenía que intentarlo para así ganar tiempo y conseguir que Raúl se comprometiera con Monteverde.

–Saber eso –susurró, con voz sugerente–. Saber que has estado tan cerca del paraíso... –añadió. Se puso de puntillas, acercando los labios a los de él– tan cerca, Cristiano... –repitió utilizando el nombre de él por primera vez– y que no has podido ir más allá.

Entonces, dio un paso atrás con la intención de dejarlo allí, de pie, preguntándose qué era lo que acababa de pasar.

Un segundo más tarde, Cristiano la agarró por la cintura con las dos manos y la acercó con fuerza a su cuerpo. Sin que ella pudiera reaccionar, aplastó su boca contra la de ella con devastadora precisión. El beso fue magistral, dominante, muy diferente a los que ella había experimentado antes. Antonella echó la cabeza hacia atrás mientras él le sujetaba el rostro con dos anchas manos. La besó con fuerza, obligándola a responder. Cuando ella abrió los labios, tal vez queriendo protestar o tal vez para morderle, Cristiano deslizó la lengua en su interior y la enredó con la de ella.

El ardor de la pasión se apoderó de ella como si fuera cera líquida y la convirtió en un ser lánguido, maleable, cuando debería haber sido todo lo contrario. No era la primera vez que la besaban, pero sí era la primera vez que se había sentido a punto de perderse en un beso.

Quería disolverse en él, quería ver adónde la llevaría

aquel sentimiento de ardor y deseo si ella lo permitía. Era algo maravilloso, extraordinario...

La realidad se apoderó de ella cuando sintió las manos de Cristiano deslizándosele por la espalda, por las caderas, acercándola a su cuerpo, a su duro y tenso cuerpo...

«Oh, Dios mío, ¿es eso...?».

No. No podía hacerlo. Él era el enemigo, por el amor de Dios. Luchó contra la naturaleza, contra él, contra ella misma para poder volver a recuperar el control. Sin saber qué hacer, le mordió la lengua para conseguir que él se retirara.

Cristiano lanzó una maldición y luego se echó a reír.

—Necesitas una buena azotaina, *cara*. Me encargaré de remediarlo cuando estemos los dos desnudos juntos.

Antonella consiguió zafarse de él. El corazón le latía a toda velocidad y la sangre le hervía en las venas. No había nada que deseara más que escapar de allí, pero tenía que mantenerse firme. Se colocó el chal en su sitio.

—Si es así como seduces a las damas, me extraña que tengas éxito.

—Cuando quiero algo, lo consigo. Siempre.

—No puedo decir que haya sido un placer conocerte, pero, si me perdonas, mi amante me está esperando. *Ciao*.

—Por el momento, *principessa* –replicó él–, pero me da la sensación de que tendrás un amante nuevo muy pronto.

Antonella había cometido el error de pensar que podía controlarlo. Un enorme error. Deseaba desesperadamente borrarle aquella sonrisa del rostro. Le dedicó su mejor sonrisa de princesa de hielo.

—Sí, bueno, pero ese hombre no serás tú.

—Nunca realices promesas que no podrás cumplir. Es la primera lección que uno debe aprender si quiere gobernar un país.

–Esto no es una negociación entre naciones.

–¿No?

Cuando a Antonella no se le ocurrió réplica alguna, se dio la vuelta y se dirigió rápidamente hacia el salón. Raúl estaba al otro lado de la sala hablando con un hombre. Levantó la mirada y, al verla, sonrió. Antonella le devolvió la sonrisa. Vega era un hombre guapo, alto y bastante atractivo. Sin embargo, no le hacía hervir la sangre, al menos no de la misma manera en la que Cristiano lo conseguía. Apartó sus pensamientos y se dirigió hacia Raúl. Al llegar a su lado, permitió que él la besara en ambas mejillas a modo de saludo.

–Por fin, Antonella. Estaba a punto de enviar a alguien a buscarte.

Antonella se echó a reír.

–Yo siempre debo hacerme esperar, cariño –replicó ella, riendo.

Raúl tomó una copa de champán de la bandeja que portaba un camarero y se la entregó. Ella le dio las gracias y se la llevó a los labios. En aquel instante, Cristiano di Savaré entró en la sala. Antonella sintió que el pulso se le aceleraba y se atragantó con el champán. No obstante, consiguió que nadie se percatara. Ni siquiera Raúl.

–Perdona un momento, querida –murmuró mientras se dirigía a Cristiano.

Antonella sintió que el pánico se apoderaba de ella. Tenía que mantenerlos separados. Tenía que convencer a Raúl para que invirtiera en Monteverde aquella misma noche. No había tiempo que perder. No iba a permitir que aquel ser arrogante y grosero trastocara sus planes.

Cuando volvió a recuperar la compostura, se dirigió hacia los dos hombres. Desgraciadamente, alguien le golpeó en el codo. Afortunadamente, Antonella pudo evitar que el contacto le hiciera verter el contenido de su copa.

–Por favor, le ruego que me perdone, Su Alteza –exclamó una mujer de cierta edad–. ¡Qué torpeza por mi parte!

–No, no importa –replicó Antonella–. No he derramado ni una gota.

Sin embargo, la mujer no pareció muy convencida e insistió en inspeccionarla el vestido. Antonella tardó varios minutos en desembarazarse de la insistente dama. Cuando lo consiguió, se apartó de ella y fue a buscar a Raúl.

No tardó mucho tiempo en darse cuenta de la aterradora verdad. Raúl se había marchado de la sala. Lo mismo que el Príncipe Heredero de Monterosso.

Capítulo 2

ELLA REPRESENTABA todo lo que Cristiano despreciaba.

Él estaba sentado a la pulida mesa de caoba, justamente enfrente de Antonella Romanelli, observando cómo ella centraba toda su atención en Raúl Vega. Éste gozaba con su presencia como si estuviera mostrando su posesión más preciada.

¿Y por qué no?

Ella llevaba puesto un vestido de seda color marfil que se le ceñía al cuerpo como si fuera un guante y que destacaba sus senos a la perfección. Con su hermosa melena castaña, su generoso escote y su elegancia, la princesa Antonella era la clase de mujer que iluminaba una estancia con sólo entrar en ella. Cristiano había visto fotos suyas, pero nada lo había preparado para el impacto real de la belleza física de la princesa. En una palabra, era impresionante.

«*Dio*».

Tenía que recordar que sin los Romanelli, la paz entre Monterosso y Monteverde se hubiera producido hacía ya muchos años. Muchas personas habrían conservado la vida en vez de morir sin ningún sentido.

Paolo Romanelli había sido un déspota egocéntrico. Dante, su hijo, no era mucho mejor. Después de todo, había depuesto a su propio padre. ¿Qué clase de hijo era capaz de hacer algo así? ¿Qué clase de hija iba por el mundo tomando y descartando amantes, con una aparente indiferencia a los excesos de su familia?

Había contado con que esa indiferencia lo ayudara a conseguir lo que quería. Antonella era una mujer de gustos caros y una reducida cuenta bancaria. Él tenía dinero suficiente para proporcionarle cuantos trajes de diseño y tratamientos de belleza deseara, pero había estado a punto de estropearlo todo con su visceral reacción sobre la cubierta del yate. Necesitaba que ella fuera maleable, no que sólo sintiera indignación.

Apretó el tallo de la copa de cristal que tenía entre los dedos. Tenía la oportunidad de terminar con todo. De conseguir el sometimiento de Monteverde de una vez por todas. Cuando se hiciera con el control de su gobierno y depusiera a los Romanelli, los niños de ambas naciones crecerían libres y felices en vez de vivir con miedo a las bombas y a las balas. En aquellos momentos, había un alto al fuego, pero era demasiado frágil. Una bomba al azar lanzada por un grupo extremista terminaría con aquella inestable paz. Cristiano tenía la intención de conseguir que fuera permanente, a pesar de los costes personales. Sin importarle a quien tuviera que destruir para conseguirlo.

Antonella se echó a reír. ¿Y qué si era hermosa? ¿Y qué si tenía una cierta vulnerabilidad que lo intrigaba? No le cabía ninguna duda de que todo era fingido. Había conocido a mujeres como ella con anterioridad. Mimadas y superficiales. Nada más que hermosas fachadas con almas vacías.

Raúl se inclinó hacia ella. En el último segundo, ella giró hábilmente la cabeza para que el beso de él cayera sobre su mejilla. Interesante.

Cristiano tomó un sorbo de vino. Antonella creía que tenía a Raúl rendido a sus pies, pero estaba muy equivocada. Cristiano se había tomado muchas molestias en hacerle a Raúl una oferta irrechazable. Aunque Vega aún tenía que comprometerse, no rechazaría la generosa oferta de Monterosso. Era un hombre de negocios demasiado bueno como para permitir que una mujer, por muy seductora que fuera, lo desviara de lo que más interesaba a su empresa.

Por primera vez desde que se sentaron a la mesa, Antonella miró a Cristiano. Él sintió una sacudida de la cabeza a los pies y este hecho lo irritó profundamente, pero se negó a apartar la mirada. Un suave rubor cubrió las mejillas de ella. Jamás hubiera pensado que ella pudiera sentirse avergonzada, pero tal vez el hecho de estar sentada en compañía de su amante mientras miraba a otro hombre era demasiado incluso para una mujer como ella.

Raúl colocó la mano sobre la de Antonella y ella se sobresaltó. Entonces, giró la cabeza para mirarlo y se ruborizó aún más. Cristiano sintió la agradable miel del triunfo. No había duda de que ella lo deseaba, a pesar de lo que hubiera dicho en la cubierta. Era un comienzo en la dirección acertada.

Ella tenía un aspecto muy culpable. Raúl la miró con preocupación.

–¿Te encuentras bien, querida mía? –le preguntó el empresario–. Pareces preocupada.

–No, no. Estoy bien. Simplemente tengo un poco de calor. ¿No les parece que los trópicos son demasiado calurosos? –les preguntó a los invitados.

Varias personas expresaron su opinión y se inició una conversación sobre las diversas temperaturas. Comentarios sin importancia que sólo consiguieron irritar aún más los nervios de Cristiano.

Cuando la cena terminó por fin, los invitados se dirigieron a cubierta para contemplar los fuegos artificiales sobre Canta Paradiso. Antonella se aferró a Raúl como si temiera dejarlo escapar.

«Demasiado tarde, *bella mia*», pensó Cristiano.

De repente, Raúl, acompañado de Antonella, se dirigió al lugar donde estaba Cristiano.

−¿Te estás divirtiendo en este encantador paraíso?

−Sí. El paisaje es extraordinario.

−Aún no me puedo creer que hayan pasado cinco años desde que nos vimos por última vez −comentó Raúl.

Antonella parpadeó asombrada.

−¿Conocías ya al príncipe?

−Estudiamos juntos en Harvard −replicó Raúl, con una amplia sonrisa, mientras daba a Cristiano una palmada en la espalda.

−En realidad, sólo han pasado cuatro años desde que nos vimos por última vez, Raúl.

−Ah, sí. Tienes razón.

−No debemos permitir que vuelva a pasar tanto tiempo, ¿de acuerdo? −dijo Cristiano.

−Por supuesto que no, amigo mío −prometió Raúl con solemnidad.

Antonella se mordió el labio inferior y frunció el ceño. Aquel gesto provocó una cálida reacción en la entrepierna de Cristiano. Todos sus sentidos se habían puesto en estado de alerta cuando notó el dulce aroma de su cuerpo. Cuando la besó, quiso ahogarse en aquella fragancia, respirarla todo el tiempo que le fuera posible.

Este pensamiento le intrigaba y le enfurecía a la vez. ¿Cómo era posible que tuviera una reacción tan fuerte hacia aquella mujer en particular? No había acudido a aquel barco con ninguna intención real de seducirla. Sólo había ido con la intención de realizar sus negocios. Sin embargo, su cuerpo estaba empezando a pensar en la seducción.

Había llegado el momento de cerrar aquel trato y seguir con su vida antes de que se distrajera aún más.

–Raúl, si tienes ahora un poco de tiempo libre, me gustaría concluir nuestra conversación. Me temo que debo regresar a Monterosso mañana por la mañana.

–Sí, por supuesto –asintió Raúl–. Con permiso, querida mía –añadió, dirigiéndose a Antonella.

–Yo también debo hablar contigo –dijo ella con voz bastante preocupada–. Y preferiría hacerlo ahora.

Raúl pareció sorprendido y tal vez un poco enojado. Cristiano se alegró por ello. Ella se lo estaba poniendo demasiado fácil. A ningún hombre le gusta que su amante le haga peticiones delante de testigos. Una mujer más astuta se habría dirigido a él más tarde, cuando hubieran estado juntos en la cama.

–Adelante, Raúl –dijo Cristiano–. Estaré aquí cuando hayas terminado.

Se podía permitir el lujo de ser generoso. Antonella acababa de perder la partida.

Antonella tenía ganas de gritar. Había pasado más de una hora desde que Raúl y Cristiano habían desaparecido para hablar. ¿Qué estaba ocurriendo? ¿Y si Raúl decidía instalar su negocio en Monterosso?

Ella había hecho todo lo posible por convencerlo, pero no tenía buenas sensaciones. ¿Qué podía hacer Monteverde para Aceros Vega? Tenían grandes depósitos de mena, que era un ingrediente necesario para el acero, pero tenían poco más que ofrecer.

A excepción de un título real. Sí. Antonella había puesto también eso sobre la mesa cuando había sentido las pocas inclinaciones de Raúl a comprometerse con su país. ¿Por qué no? Desde su nacimiento, Antonella había estado preparada para casarse por el bien de su país. Su padre ya no era rey, pero esto no significaba que ella ya no le debiera nada a su pueblo. Los momentos de desesperación requieren medidas desesperadas. Si tenía que elegir entre casarse con un hombre al que no amaba o la anexión de su país, se decidiría por el matrimonio.

Raúl no había tardado en aceptar su oferta, pero, ¿significaba esto que lo había convencido? A pesar de su humilde nacimiento y del hecho que había pasado de ser pobre a acumular una ingente riqueza, Antonella tenía la sensación de que había fracasado estrepitosamente. Si era así, sería otra humillación que añadir a su larga lista. Su primer prometido se había despeñado en su coche por un acantilado y el segundo se había casado con otra poco después de prometerle a su padre que se casaría con ella.

Parecía que no tenía suerte en el amor. En realidad, jamás había estado enamorada, pero le gustaría tener la oportunidad de comprobarlo. Como Lily, la mujer con la que se había casado el que había estado a punto de ser su segundo prometido. ¿Qué se sentiría cuando un hombre la mirara como Nico Cavelli miraba a Lily? ¿Que un hombre lo sacrificara todo sólo por estar con una mujer?

Ella jamás lo sabría. Parecía que la vida no le reservaba el hecho de encontrar el amor. Dante le había dicho que no era necesario que se casara por Monteverde dado que su padre ya no era rey, pero ella había insistido en que era su deber. Si beneficiaba a su país, lo haría. No le importaba lo desesperada y triste que esto le hiciera parecer.

No todos los hombres eran como su padre. No todos los hombres se ponían violentos cuando se enfadaban.

Antonella sacudió la cabeza. Aún no podía estar del todo segura de que hubiera fracasado. Aún cabía la posibilidad de que su título y su mena sirvieran para superar lo que Cristiano di Savaré tuviera que ofrecer.

Se echó el chal por los hombros y comenzó a pasear por la cubierta. La mayoría de los invitados de Raúl habían vuelto a sus yates, a excepción de los que tenían camarotes a bordo. En el puerto, los yates y los barcos de pesca habían anclado para pasar la noche, aunque las risas y la música aún resonaban por la bahía.

–Tal vez deberías tomar menos *espressos* a última hora de la noche, *cara*.

Antonella se dio la vuelta y se encontró a Cristiano en la cubierta. El corazón empezó a palpitarle con fuerza, pero no de miedo. ¿Por qué la desconcertaba él de tal manera?

–¿De qué estás hablando?

–De los paseos por cubierta. Creo que menos cafeína te ayudaría un poco.

–He tomado sólo un *espresso, grazie*. Tu preocupación resulta enternecedora.

Él se acercó y se apoyó contra la barandilla, sin dejar de observarla.

–Te mueres por saber de lo que hemos hablado, ¿verdad?

Antonella se encogió de hombros.

–Te equivocas si piensas que es así. No he venido aquí por negocios.

–Eso es lo que dices, pero, ¿cómo se le llama ahora si ya no es el negocio más antiguo del mundo?

–¿Es así como se le llama cuando tú vas acostándote por ahí, Cristiano? –le espetó ella, fríamente. El corazón le latía con fuerza, lleno de dolor e ira, por la necesidad de negar que se hubiera acostado con ningún hombre. Por supuesto, él nunca la creería. Además, no se merecía la explicación.

–Vaya, veo que es un punto sensible para ti, *cara*.

–En absoluto. Simplemente no me gustas tú ni tu hipocresía.

–Me siento herido –comentó él con una sonrisa.

–¿Dónde está Raúl? –preguntó ella para cambiar de conversación.

–No soy tu secretaria, *principessa*. Si quieres saber dónde está, ve a buscarlo. Además, ¿qué te hace pensar que soy un hipócrita? Me gusta el hecho de que hayas tenido amante. Significa que conoces cómo moverte por el cuerpo de un hombre. Significa que no tendremos que perder el tiempo cuando estemos desnudos.

–No pienso acostarme contigo, Cristiano.

–No estés tan segura –replicó él.

–Me conozco muy bien y sé perfectamente lo que no quiero. No deseo estar contigo.

Cristiano le tomó la mano y entrelazó los dedos con los de ella para llevárselos a la boca. Antonella trató de apartarla, pero él se la agarró con fuerza.

–¿Conoces tú tu cuerpo, Antonella? En ocasiones, nuestra mente y nuestro cuerpo están en guerra. ¿Lo sabías?

Antes de que ella pudiera responder, él le tocó el centro de la palma de la mano con la punta de la lengua. Antonella contuvo el aliento al sentir cómo las sensaciones se le extendían por todo el cuerpo. ¿Por qué? ¿Cómo era posible que los hombres llevaran intentando metérsela en la cama desde que tenía memoria y que nunca hubiera sentido nada remotamente tan excitante por ninguno de ellos como lo que sentía cuando Cristiano la tocaba?

Era una pena que él fuera el hombre equivocado. Tenía que apartar la mano, poner distancia entre ellos y no volver a estar nunca a solas con él.

Sin embargo, no podía hacerlo. Estaba atrapada, casi tanto como si él la hubiera atado a él.

–Basta ya...

–¿Estás segura? Me parece que tu cuerpo dice todo lo contrario.

–No lo sabes.

–Claro que lo sé. Te has sonrojado...

–Es que hace calor.

Cristiano se echó a reír, le besó los dedos y se colocó la mano de ella sobre el hombre antes de tirar de ella hacia su cuerpo. Sus largos dedos le cubrieron la cadera.

–Y más que va a hacer. ¿Por qué negar esta atracción, eh? Creo que estaríamos bien juntos.

–Yo...

Una sombra pareció pasar por encima de ellos. Entonces, una voz dijo:

–Perdón.

Antonella se apartó de Cristiano justo a tiempo para ver cómo Raúl se daba la vuelta y volvía a entrar en la embarcación. ¡Dios! Los ojos se le llenaron de lágrimas, pero se negó a dejar que cayeran. Habría tenido que ir detrás de él, habría tenido que tratar de reparar el daño. Acababa de decirle que se casaría con él, por el amor de Dios. ¿Qué pensaría Raúl de ella?

Podía reparar el daño. Claro que podía. Tenía que hacerlo. Por el futuro de Monteverde, pero no antes de darse la vuelta y decirle lo que pensaba al hombre que tantos problemas le estaba causando.

–¡Lo has hecho a propósito! –exclamó.

–¿Qué te hace pensar eso, *principessa*? –replicó él fríamente, con una expresión arrogante y malvada al mismo tiempo.

La impotencia hizo que Antonella apretara los puños. Había sido una estúpida. Cristiano era su enemigo. Aunque ella se hubiera olvidado de aquel detalle, él no había dejado de tenerlo presente.

–Porque eres un egoísta, por eso. No te importa a quién hagas daño ni lo que tengas que destruir para conseguir lo que deseas.

Cristiano esbozó una media sonrisa, que jamás se hubiera podido llamar como tal.

–Parece que somos almas gemelas.

–No. A mí me importan los sentimientos de la gente. Ahora mismo voy a disculparme con Raúl.

–No hay necesidad.

–Claro que la hay.

–Me temo que no, Antonella. Tú formabas parte del trato.

–¿Qué trato? –preguntó ella. De repente, sintió como si el corazón fuera a detenérsele en el pecho. ¿Cómo podían haber hecho los dos un trato que la incluyera a ella? Antonella se había ofrecido en matrimonio, pero había sido su elección. Ninguno de aquellos dos hombres era su dueño. Ninguno podía tomar decisiones en su nombre.

–Aceros Vega se va a instalar en Monterosso. Monteverde suministrará la mena.

–Nunca –replicó ella. ¡Aquello era impensable! ¿Vender su mineral a Monterosso? ¿Para que el rey pudiera construir más tanques y armas en sus fábricas? ¿Para que los Di Savaré pudieran ir ahogando lentamente a su pueblo? Suponía el dinero que Monteverde necesitaba tan desesperadamente, ¡pero a qué coste!

–Tal vez desees volver a pensar tu postura –dijo él. Como respuesta, Antonella levantó la barbilla.

–No veo por qué tendría que hacerlo.

–Una sola palabra –dijo él. Tenía la mirada fría, vacía, tanto que Antonella sintió un escalofrío–. Una palabra muy importante: existencia.

Capítulo 3

HAY UNA tormenta, Su Alteza.
Antonella parpadeó y miró al camarero mientras él le colocaba una bandeja con el desayuno sobre una mesa del camarote. Ella se cubrió con las sábanas hasta los hombros y se apoyó con un codo sobre el colchón. Aún estaba adormilada después de haberse pasado la noche preocupándose sin dormir demasiado.

–¿Una tormenta?

–Sí, un huracán. Se ha desviado de su curso y se dirige directamente a Canta Paradiso. Nos vamos a hacer a alta mar muy pronto. Puede permanecer a bordo si lo desea o puede desembarcar en la isla para tomar un vuelo que la saque de aquí.

–¿Dónde está el *signor* Vega?

–Se ha tenido que marchar a Sao Paulo por negocios. Se marchó antes de que amaneciera.

Antonella sintió que el alma se le caía a los pies. Se había imaginado que sería inútil, pero había esperado poder hablar con Raúl una vez más, con la esperanza de convencerlo para que le diera a Monteverde una oportunidad. Ya era demasiado tarde.

No. No permitiría a Cristiano di Savaré que la derrotara tan fácilmente. Quedaba poco tiempo antes de que los préstamos debieran satisfacerse y ella se había pasado la noche pensando en qué podía hacer si Raúl no cambiaba de opinión. Sólo se le había ocurrido una solución.

¿Y si Dante se desplazaba a Montebianco y les pidiera un préstamo para poder salir de la crisis? Su padre había estado a punto de empezar otra guerra cuando arrestó a la princesa de esa nación, pero de eso habían pasado ya algunos meses. ¿Estaría Montebianco dispuesto a ayudarlos? ¿Podría convencer a su hermano para que lo intentara? Antonella sabía que él no querría hacerlo, pero era su última oportunidad.

Si Dante no se dirigía al rey, Antonella iría a hablar con Lily y le suplicaría que se lo pidiera a su esposo, el Príncipe Heredero. Fuera como fuera, tal vez aún tenían una oportunidad si no se demoraba.

—Gracias —le dijo al camarero—. Me marcharé al aeropuerto.

El camarero realizó una reverencia antes de salir del camarote y cerró la puerta. Antonella se levantó de un salto de la cama y agarró el teléfono móvil. Tenía que hablar con Dante. Lo había intentado la noche anterior, pero no había conseguido comunicarse con él, tal vez por la tormenta. Lo más probable era que ocurriera algo con las comunicaciones de Monteverde. A menudo tenían problemas con las infraestructuras porque estaban obsoletas y no había dinero para renovar el equipamiento.

Una voz automatizada le informó de que no se podía realizar la llamada. Antonella cerró el teléfono y se apresuró a vestirse. Cuanto antes estuviera en un avión en dirección a casa, mucho mejor.

Antonella salió a la cubierta del yate para buscar a alguien que pudiera organizarle el traslado. Estuvo a punto de caerse de espaldas cuando vio quién estaba conversando con el capitán del yate.

Cristiano di Savaré con esmoquin resultaba magnífico, pero con unas bermudas, un polo, unas chanclas y unas gafas de sol resultaba pecaminoso. No parecía un príncipe, sino un gigoló salido de una fantasía erótica que se ganaba la vida satisfaciendo a las afortunadas que tuvieran la suerte de poder pagarlo.

Cristiano se dio la vuelta cuando ella se acercó, sin duda porque el capitán cesó de prestarle atención para mirarla a ella. El capitán la miraba con apreciación, pero fueron sin duda los ojos de Cristiano los que ella sintió más poderosamente. Aunque él llevaba gafas de espejo, Antonella era consciente del ardiente escrutinio al que la estaba sometiendo.

Ella se había vestido con un vestido de algodón y un par de sandalias. Llevaba el cabello recogido con una coleta y un maquillaje muy ligero en el rostro. No estaba intentando atraer la atención de nadie, pero no parecía importar.

–¿Te has enterado de la tormenta? –le preguntó Cristiano saltándose los preliminares.

–Sí. ¿Cuándo podemos desembarcar? –dijo ella dirigiéndose al capitán. Fue Cristiano el que, una vez más, tomó la iniciativa.

–Hay un ligero retraso. Muchas personas están pidiendo transporte hacia el puerto.

–Entiendo.

–¿Has organizado ya el vuelo?

–No. Había esperado dirigirme primero al aeropuerto y ocuparme de todo desde allí.

–*Bene.* Puedes volar conmigo.

El pulso de Antonella comenzó a latir como un millar de colibríes. Aquel hombre era increíble.

–Gracias, pero no. Conseguiré un vuelo cuando llegue al aeropuerto.

Cristiano se colocó las gafas sobre la parte alta de la cabeza. La luz del sol había desaparecido a medida que las nubes fueron cubriendo el puerto. Antonella se dio cuenta de que los ojos de él no eran azules o grises. Eran de un marrón profundo y oscuro. No, parecían verdes. En realidad, eran marrones pero alrededor de la pupila eran verdes.

Maravillosos.

—Antonella —dijo él secamente.

—¿Qué?

—¿Me has oído?

—Estabas hablando de tu avión privado.

—Sí. Está listo y tengo sitio para ti. No quedan billetes para ningún vuelo comercial desde la isla.

—Pero si acabas de preguntarme si ya tenía vuelo.

—Me refería a si lo habías reservado anoche, antes de que el huracán cambiara de dirección.

Ella sacudió la cabeza enfáticamente.

—Me arriesgaré en el aeropuerto.

—No seas infantil —replicó Cristiano.

—No creo que sea infantil evitar la compañía de las personas a las que se desprecia.

—No, pero es infantil ponerse en peligro por ello.

Antonella miró hacia las montañas que se alzaban alrededor del puerto. El aeropuerto estaba al otro lado de esas montañas. A aquel paso, podría tardar horas en llegar hasta allí. Las nubes oscuras cubrían los verdes picos como si fuera una manta. El viento se había levantado con fuerza durante la noche.

No importaba cómo llegara a casa, mientras lo hiciera lo más rápidamente posible.

—Si no hay otra opción, volaré contigo. No obstante, cuando lleguemos al aeropuerto comprobaré primero que no puedo conseguir otro vuelo.

—Como desees, *principessa*.

—Sin embargo, no puedo volar a Monterosso —dijo ella. ¿Qué impresión daría con ello? Además, ¿cómo llegaría desde allí a Monteverde? No había vuelos directos y la frontera estaba cerrada. La princesa de Monteverde no podía cruzar la frontera escoltada por soldados de Monterosso. Era impensable.

—Por supuesto que no. Aterrizaremos en París primero. Desde allí, podrás buscar otro medio de transporte.

De repente, se le ocurrió a Antonella un oscuro pensamiento.

—¿Y cómo sé que mantendrás tu palabra? ¿Que no me llevarás a Monterosso y pedirás un rescate por mí?

La voz de Cristiano la acarició como la seda.

—Si tuviera intención de secuestrarte, *bella mia,* se me ocurrirían cosas mucho más interesantes que pedir un rescate.

Cuando por fin los llevaron a tierra y encontraron un taxi, habían pasado ya tres horas. Todo el mundo recorría precipitadamente la pequeña ciudad, tratando de asegurar sus viviendas o de salir de la isla. Canta Paradiso era un *resort* turístico privado, pero había una ciudad en la que vivían muchas personas todo el año. A pesar de eso, el tráfico hacia el pequeño aeropuerto era increíble.

Había empezado a llover y los teléfonos móviles habían dejado de funcionar. Antonella no tenía cobertura.

Cristiano se mesó el cabello. El taxi era muy pequeño, lo que suponía que no había mucho espacio en el asiento posterior para ellos. Esto suponía que las piernas se rozaban íntimamente. Antonella trataba de apartarse, pero la situación resultaba muy incómoda. Llevaba más de una hora tratando de fingir que la piel no le ardía donde se rozaba con la de Cristiano.

—¿Lo conseguiremos? –preguntó.

Él estaba tan cerca... Tanto que si Antonella se inclinaba simplemente unos centímetros, sus labios podrían tocarse.

¿Por qué iba a querer hacer algo así?

—Creo que sí. Hasta ahora sólo es lluvia. Aún podemos volar.

—¿Estás seguro? —preguntó ella, observando cómo la lluvia caía con fuerza contra la ventana.

—Soy piloto, *cara*. La lluvia ayuda a que despeguen los aviones y el viento aún no es demasiado fuerte, por lo que también ayuda. Quedan muchas horas antes de que la tormenta sea demasiado peligrosa para volar.

—Menos mal.

Cristiano se reclinó sobre el asiento y estiró un brazo sobre el respaldo del asiento, por encima de los hombros de Antonella. Ella no podía escapar al contacto a menos que se incorporara. Eso le daría poder, por lo que soportó la presión del brazo de él contra los hombros y el cuello.

El sonido del teléfono móvil de Cristiano la sacó de su ensoñación minutos más tarde. Hacía mucho calor en el taxi y ella estaba tan cansada que había estado a punto de quedarse dormida encima de él. Avergonzada, se incorporó y se alejó hacia la puerta todo lo que pudo.

Cristiano respondió rápidamente antes de que perdiera de nuevo la señal. La sarta de maldiciones que se produjo instantes más tarde no predecía nada bueno.

—¿Qué es lo que ocurre? —preguntó ella cuando Cristiano hubo terminado.

—Estamos atascados.

—¿Qué quieres decir con eso? —dijo ella, tratando de no dejarse llevar por el pánico.

—El avión tiene una gotera hidráulica en los frenos. No podemos volar sin una cubierta nueva y no hay ninguna en la isla.

—¿Existe posibilidad de encontrar plaza en un avión comercial?

—El último vuelo salió hace veinte minutos. Ya no salen ni llegan más vuelos hoy.

—¡Pero si dijiste que aún se podría volar durante muchas horas!

—Así es, pero los vuelos comerciales tienen diferentes horarios, Antonella. Han cancelado los vuelos que salían a última hora de hoy.

—¿Y ahora qué hacemos? —preguntó Antonella, tratando de tragarse el enorme nudo que se le había hecho en la garganta.

—Debemos encontrar un lugar en el que alojarnos.

Increíble. ¿Cómo era posible que tuviera tan mala suerte?

—¿Y dónde sugieres que miremos? ¿Tenemos que recorrer todos los hoteles de la isla para ver si hay vacantes?

—No. Eso nos llevaría mucho tiempo y no tenemos garantías. Se me ocurre otra idea.

—¿Cuál?

—Conozco al hombre que es el dueño de esta isla. Tiene una casa muy cerca de aquí. Iremos allí.

—¿Por qué no mencionaste esto antes?

—No creí que fuera necesario.

Antonella guardó silencio mientras él le daba instrucciones al taxista. Tal vez debería oponerse a aquel plan, pero, ¿qué elección tenía? Era mejor alojarse en una vivienda privada que el hecho de que los vieran juntos en un hotel, donde además podrían verse expuestos al hecho de que hubiera allí alguien de la prensa. Una foto suya con Cristiano di Savaré le haría a su país un daño irreparable.

Él volvió a colocar el brazo sobre el respaldo, lo que provocó que Antonella se alejara de él todo lo posible. Cristiano frunció el ceño.

–Es inútil –dijo él–. El coche es pequeño y no hay donde ir.

–Eso ya lo sé, pero no creo que sea necesario que me rodees con el brazo.

–Pensaba que te gustaba que yo te tocara –comentó él, con un cierto sarcasmo que la irritó profundamente.

–No te engañes.

–Entonces, ¿por qué has venido conmigo?

–¿Y qué elección tenía? Tú mismo dijiste que todos los vuelos estaban cancelados.

–Sí, pero aceptar precisamente mi ayuda...

–Te aseguro que no fue lo que yo hubiera deseado, pero no soy idiota.

–No, no creo que lo seas –comentó Cristiano. Tenía una mirada aguda, pensativa.

–¿Qué se supone que significa eso?

–Lo que tú creas que significa, *principessa* –respondió él. Una burlona sonrisa le curvó los labios.

–Creo que simplemente te gusta irritarme, ¿Por qué me ofreciste ayuda para salir de la isla si ni siquiera sientes simpatía por mí?

–Para lo que tengo en mente, no tengo que sentir simpatía hacia ti.

Antonella contuvo la respiración.

–¿Cómo es posible que sientas antipatía por una persona y que, al mismo tiempo, desees acostarte con ella?

La mirada que se reflejó en el rostro de él, entre divertida y arrogante, hizo que las mejillas de Antonella se cubrieran de rubor. ¿Sería posible que se hubiera equivocado?

–La pasión y el odio se separan por una línea muy delgada, Antonella –replicó él.

–Eso es horrible...

Antonella siempre había creído que, si su padre no la obligaba a casarse con un hombre de su elección, tendría que gustarle el hombre con el que se acostara por primera vez.

Él frunció el ceño.

–¿De verdad? ¿Esperas que me crea que una mujer de tu experiencia haya sentido atracción por todos los hombres con los que se ha acostado?

Antonella apretó la mandíbula. Debería haberse dado cuenta de adónde se dirigía aquella conversación.

–Prefiero no hablar de eso contigo.

–¿Por qué no? ¿Acaso te sientes avergonzada?

–¡Por supuesto que no!

–¿Cuántos han sido, Antonella? ¿Cuántos hombres has atraído a tu cama?

–¿Atraer? ¿Atraer, dices? ¡Me haces sonar como si tuviera un puesto en el mercado! ¡Vengan por melocotones, vengan por ciruelas, antes de que se acaben todas!

La expresión del rostro de Cristiano se hizo inescrutable durante un instante. Pareció estar a punto de echarse a reír, pero entonces se dio la vuelta y se puso a mirar por la ventana. No obstante, no movió el brazo. La ira se apoderó de ella hasta que decidió que no le importaba en absoluto y se reclinó sobre el asiento.

¡Menudo hipócrita!

Tenía el cuerpo firme, sólido y cálido. Antonella se cruzó de brazos y reclinó la cabeza hacia atrás, sobre el brazo de Cristiano. La había enojado profundamente con sus acusaciones. No sabía nada sobre ella y, sin embargo, pensaba que lo sabía todo.

¡Arrogante!

El ambiente en el interior del taxi resultaba algo asfixiante, como si él utilizara todo el aire que había en el interior del taxi. Sentía deseos de abrir la ventana para sacar la cabeza, pero estaba lloviendo demasiado fuerte. Además, estaba tan cansada. A medida que su ira se fue calmando, los ojos comenzaron a cerrársele a pesar de sus esfuerzos por mantenerlos abiertos.

El aroma de Cristiano le nublaba los sentidos. Era parecido al de la lluvia y las especias. Sin saber por qué, una profunda tristeza se apoderó de ella. ¿Por qué? Tardó un instante en darse cuenta de que le recordaba a algo de su infancia. ¿Acaso era al momento en el que su madre le había preparado un té de especias cuando estaba enferma?

Sí, eso era. Recordó a su madre como si fuera ayer, su triste y hermosa madre, que había muerto mucho antes de lo que debería. ¿Fue entonces cuando su padre se hizo un hombre violento?

No lo recordaba. Siempre había tratado de bloquear sus recuerdos, como la ocasión en la que él había matado la chinchilla de Dante porque a él se le había olvidado alimentarla. Su hermano tenía diez años en aquel momento y era mucho menos impresionable que ella a sus cinco años de edad, por lo que se había tomado el incidente estoicamente.

Antonella no había hecho más que llorar y llorar. Aquélla fue la primera vez que experimentó tal crueldad. Jamás lo había olvidado y solía echarse a llorar en los momentos más extraños, cuando los recuerdos la atenazaban. Incluso años más tarde.

De repente, el rostro se le quedó frío. Entonces, comprendió que tenía las mejillas mojadas. Abrió los ojos y parpadeó. Rápidamente se secó las lágrimas con las manos tratando de evitar que Cristiano se diera cuenta y se burlara de ella.

–Llorar no va a servir de nada –dijo él fríamente, pero su voz sonaba algo extraña.

Antonella se apartó de él. No quería que él estuviera allí, no quería que él se convirtiera en una parte de su lucha por convertirse en una persona normal. ¡No era asunto suyo! Nada de su vida era asunto suyo.

–Simplemente estoy cansada. Déjame en paz.

A pesar de sus palabras, las lágrimas empezaron a caer más abundantemente. No podía contener los recuerdos ni el sentimiento de culpa. Debería haber hecho algo. Debería...

Cristiano soltó una maldición y la abrazó para estrecharla contra su cuerpo.

–No, suéltame –le suplicó, tratando de apartar las manos de él–. Suéltame.

Sin embargo, él no lo hizo. La abrazó con fuerza, sujetándole la parte posterior de la cabeza con una mano. Ella trató de zafarse de él, pero Cristiano era demasiado fuerte. Antonella terminó rindiéndose. Él comenzó a frotarle suavemente la espalda mientras le hablaba dulcemente. Antonella trató de captar las palabras y, por fin, se dio cuenta de que era una canción.

Una canción.

Sintió una gran sensación de asombro en aquel momento. Era un gesto tan tierno, que jamás hubiera imaginado que Cristiano fuera capaz de tener. Era como si, en cierto modo, él comprendiera.

Apretó los puños contra su pecho mientras trataba de contener las lágrimas. Tenía razones más que suficientes para odiarlo, pero, en aquel momento, Cristiano era su aliado. La abrazó durante lo que pareció una eternidad. Antonella no se había sentido tan unida a nadie desde hacía mucho tiempo.

Capítulo 4

EL TAXI los llevó a la mansión, que estaba situada sobre una playa muy recoleta. Cuando llegaron a la casa, Antonella había dejado de llorar y se había vuelto a alejar de Cristiano. Se sentía muy avergonzada. ¿Cómo podía haber perdido el control de aquella manera? Y con él, nada menos. Tenía la camisa arrugada donde ella había estado llorando y una mancha de rímel cubría la blanca tela. Sin embargo, Cristiano no había dicho nada.

Madonna mia! Si el dueño de la casa los acogía, iba a encerrarse en su dormitorio y no volvería a salir hasta que la tormenta hubiera terminado. Cuanto menos tiempo pasara en compañía de Cristiano, mucho mejor.

Esperó en el coche mientras él iba a la puerta de la casa y comprobaba que el dueño de la isla estaba en casa. No era así, pero unos minutos después Cristiano había conseguido hablar con él, a pesar de que estaba en Nueva York.

–El servicio está de vacaciones –dijo él cuando regresó al taxi–, pero podemos quedarnos hasta que haya pasado la tormenta. El guardés vive en la casita que hay a la entrada. Él nos abrirá la puerta principal.

–¿Y no estaríamos mejor en la ciudad? –preguntó ella. De repente, a pesar de sus reservas anteriores, prefería estar en un hotel. Después de lo ocurrido, se sentía demasiado expuesta. Demasiado vulnerable.

–Supongo que al haber cancelado tantos vuelos, los hoteles estarán llenos.

Antonella sacó su teléfono rezando para tener cobertura.

–Podemos llamar a ver.

Al menos en un hotel habría más personas. Incluso habitaciones en pisos diferentes. No tendría por qué verlo. Cuando el aeropuerto volviera a abrir, podría tomar un vuelo sin tener que volverlo a ver.

Cristiano frunció el ceño.

–Tenemos un lugar seguro en el que alojarnos, *cara*. Además, seguro que al taxista le gustará poder regresar a su casa antes de que las cosas empiecen a ponerse feas. No nos queda mucho margen de tiempo.

–Sí, claro –dijo ella. Efectivamente, llevaban más de dos horas metidos en aquel taxi. Seguramente el taxista tendría una familia que estaría preocupada por él. Decidió que, efectivamente, estarían a solas en la casa, pero no tendría que pasar más que unos instantes en su compañía. Todo iría bien.

Quince minutos más tarde, tras localizar al guardés, obtuvieron la llave y entraron en la casa. Era grande, pero no tan lujosa como se hubiera esperado. No obstante, las vistas que se dominaban desde allí eran magníficas. El mar, que siempre solía ser de color turquesa, presentaba un aspecto gris y peligroso. La espuma teñía de blanco la superficie.

De repente, Antonella se detuvo a escuchar. No tardó en comprender que se trataba del viento. Su poder era abrumador. No se parecía en nada a lo que ella hubiera experimentado antes.

–Nos he instalado en el dormitorio principal.

Antonella se volvió para mirar a Cristiano. No había escuchado que se acercara.

–¿Nos? ¿Acaso eres duro de oído? Anoche te dije muy claro que no me voy a acostar contigo.

Él entró en el salón como un gato, fuerte, silencioso, elegante. Antonella se dio cuenta de que estaba empapado cuando la tenue luz que reinaba en el salón los iluminó. Él se quitó el polo con un fluido movimiento. Anchos hombros y definidos pectorales conducían hasta una estrecha cintura y esbeltas caderas. Tenía la piel bronceada y, sin embargo, se iba haciendo más clara a medida que bajaba la mirada. Una oscura flecha de vello se le deslizaba bajo la cinturilla de los pantalones cortos. Antonella deseó seguirla para ver a dónde conducía...

Volvió a mirarle el rostro. Cristiano sonrió como si supiera exactamente lo que ella había estado pensando.

–Sabes que quieres hacerlo.

Antonella parpadeó.

–¿Querer qué?

–Acostarte conmigo. En el dormitorio principal.

Ella negó con la cabeza, pero no pudo evitar ruborizarse.

–No, no quiero y no voy a hacerlo. Voy a ocupar uno de los otros dormitorios... hay otros dormitorios, ¿verdad?

–Sí, pero acabo de comprobar el generador y el combustible está casi agotado. Alguien se olvidó de llenarlo. Si encendemos demasiadas luces, nos quedaremos sin electricidad.

–Estoy segura de que hay velas. ¿Has mirado?

–Todavía no, pero sí, debe de haber velas, pero creo que debemos conservarlas también. Además, hay árboles en la parte delantera de la casa. Los otros dormitorios están allí. Si se cayera un árbol sobre la casa, ¿qué? Prefiero no tener que sacarte, asumiendo que sobrevivieras.

–Está bien. Uno de nosotros podría quedarse en el salón.

–Y así perderíamos energía o, si le ocurriera algo a la casa, estaríamos separados. Es mejor permanecer juntos, Antonella.

Ella se cruzó de brazos.

–¿Cómo puedes saber eso? Nosotros no tenemos ni huracanes ni ciclones en nuestros países.

–Todos los príncipes de Monterosso han servido en el ejército, *principessa*. Te aseguro que he tenido que soportar cosas que ni siquiera te imaginas. Confía en mí cuando te digo que sé de lo que hablo.

–Muy conveniente, Cristiano. Parece que me veo obligada a compartir un dormitorio contigo.

–¿Qué alternativa tienes?

–Supongo que ninguna.

–No, si quieres sobrevivir.

Cristiano habló con tanta tranquilidad que Antonella se acercó a la ventana y tocó el cristal con los dedos.

–¿Crees que aún tiene que empeorar mucho más?

–Ojalá lo supiera –respondió él colocándose a su lado–. Empeorará a medida que se acerque a tierra. Entonces, posiblemente tendrá categoría cuatro. El viento podría alcanzar los ciento treinta y cinco nudos.

–No sé lo que eso significa.

Cristiano se volvió para mirarla. Su piel desnuda relucía bajo la pálida luz y las gotas de agua le caían de la cabeza al torso y se deslizaban cada vez más abajo...

–Más de doscientos kilómetros por hora.

Antonella sintió un nudo en el estómago. Se volvió instintivamente y dio un paso atrás para poner distancia entre ellos.

–¿Qué podría ocurrirnos? ¿Estamos a salvo aquí?

–Los árboles podrían ser un problema y probablemente nos quedaremos sin electricidad. Más allá de eso, no sé.

–¿Y el mar?

–Estamos muy altos sobre la playa, por lo que el oleaje no debería ser un problema.

Antonella fue a buscar su bolso y sacó su teléfono móvil. No tenía cobertura. Volvió a dejarlo en el bolso.

–¿Tienes tú cobertura?

–No –respondió él mientras se sacaba el teléfono de los pantalones cortos. Se acercó a ella.

–Tendría que haber intentado llamar a Dante. Estará preocupado.

–Tal vez simplemente piense que estás demasiado ocupada con tu amante como para informarle de tus movimientos.

Ella se tensó.

–Yo llamo a mi hermano todos los días.

¿Por qué tenía necesidad de justificarse ante él?

–¿De verdad? Extraordinario.

–¿Tú no hablas con tu familia a diario?

La risa de Cristiano fue inesperada. Denotaba incredulidad.

–No. Tengo treinta y un años, *cara*. Mi padre no espera un informe diario.

–Dante tampoco, pero estamos muy unidos y han ocurrido muchas cosas recientemente...

Se interrumpió. No quería continuar. Nadie sabía lo que Dante y ella habían pasado a lo largo de los años a manos de su padre. Tal vez Dante había compartido su historia con su esposa, pero Antonella no lo sabía y no pensaba preguntar.

–Está bien que estéis muy unidos –replicó Cristiano después de un momento–. Muy bien.

Con eso, se dirigió a la cocina y comenzó a revolver en los cajones. Antonella lo siguió.

–¿Qué puedo hacer? –preguntó ella. Había comprendido que él estaba buscando las velas. No quería hacer lo mismo que él.

–Necesito que llenes el fregadero, todos los lavabos y las bañeras de agua.

–¿Por qué?

–Porque si nos quedamos si electricidad, nos quedamos sin agua. Después, ponte a buscar linternas, pilas, velas y cerillas. Si te encuentras una radio, tómala también. Llévalo todo al dormitorio principal y déjalo allí. Yo buscaré también por aquí y luego iré al exterior a cerrar las contraventanas. Si encuentras unas toallas, déjalas aquí en la cocina. Utilizaré esta entrada

Antonella lo miró y se mordió el labio. No se había esperado aquella actitud en Cristiano. Dante era la persona más práctica que conocía y, aun así, parecía un niño mimado en comparación con él. En aquel momento, Cristiano parecía más un soldado que un heredero al trono.

–¿De verdad crees que las cosas podrían ponerse tan feas?

–Todo es posible, *principessa* –respondió él con expresión seria–. Es mejor estar preparado.

Cristiano estaba empapado. Se había pasado veinte minutos bajo una lluvia torrencial cerrando las contraventanas. El guardés debería haberse ocupado de aquel trabajo cuando comenzó la tormenta, pero parecía hacer poco más que estar sentado en su casa viendo la televisión. Desgraciadamente para él, la señal del satélite se había perdido hacía un buen rato.

Tras entrar en la cocina, se quitó los pantalones cortos. Antonella había desaparecido, pero al menos le había dejado las toallas.

Recordó su rostro, con los ojos rojos e hinchados. Apartó aquella imagen con resolución. No podía sentir pena por ella. Era una monteverdiana y, además, una Romanelli. Él tenía una misión. Una promesa que cumplir.

Sobre la tumba de Julianne, había jurado que pondría fin a aquella guerra, aunque fuera lo último que hiciera en su vida. Su pueblo necesitaba la paz. Llevaban demasiado tiempo viviendo en la sombra de aquel conflicto. Se lo debía a ellos. A Julianne. Él debería haber estado a su lado. Así, podría haber evitado que ella muriera. Se sentía responsable de lo ocurrido.

No debería haberse casado con ella.

Agarró una toalla y se secó el cuerpo. Trató de imaginarse a Julianne, recordar la curva exacta de su sonrisa, pero su mente insistía en ver otro rostro.

El de Antonella.

No podía negar que la deseaba. Sabía que era una *puttana* manipuladora y poco considerada, pero no parecía poder superar las necesidades de su cuerpo. Debería ser capaz de hacerlo, pero no podía.

Ella le llegaba más allá del nivel físico. Cuando lloró en el taxi, Cristiano sintió como si alguien le hubiera clavado un cuchillo y se lo hubiera retorcido dentro. La había estrechado entre sus brazos y le había cantado la misma canción que su madre le dedicaba cuando era pequeño y no quería irse a dormir.

¿Por qué?

Antonella tenía algo en su personalidad que desafiaba las explicaciones. Era astuta, dura y manipuladora. Sin embargo, sentía dolor, un profundo dolor que sólo se podía sentir tras haberlo experimentado. Cristiano lo sabía porque él también lo había sentido. Reconocía algo de sí mismo dentro de ella.

El hecho de sentir compasión hacia ella no le gustaba lo más mínimo. Le parecía una traición a la memoria de su difunta esposa, no porque Antonella fuera una mujer sino porque era una ciudadana de Monteverde.

Se deshizo de la toalla empapada y se dispuso a tomar una seca para envolvérsela alrededor de la cintura. En aquel momento, escuchó un ruido desde la puerta. Al volverse, vio a Antonella allí, con el cabello oscuro recogido y la boca abierta mientras lo examinaba. Dejó que viera el efecto que ejercía sobre él. Seguramente estaba acostumbrada a verlo. De hecho, probablemente lo esperaba.

Tal vez si se sacaba de dentro la atracción física que sentía hacia ella podría volver a pensar. Podría empujarla a estar de acuerdo con su plan y seguir adelante con su intención de adueñarse de Monteverde.

Un segundo más tarde, ella se dio la vuelta sobre los talones y desapareció rápidamente. Parecía escandalizada, aunque estaba seguro de que ella estaba fingiendo. Tenía que serlo. Antonella quería que sintiera pena por ella. Ya lo había conseguido en una ocasión aquel mismo día.

Se anudó bien la toalla alrededor de las caderas. Había sido una locura pensar que aquella princesa, la mujer que se había acostado con Raúl Vega la noche anterior era una clase de fémina diferente a lo que parecía ser. Vega simplemente había sido el último de una larga lista de conquistas.

Cristiano se había gastado mucho dinero para confirmar los rumores que hablaban de la crisis financiera que había en Monteverde. Su padre creía que, si esperaban, Monteverde caería en sus manos sin esfuerzo alguno. Sin embargo, Cristiano no iba a correr riesgos. Tras haber terminado con la última fuente de inversión, lo único que quedaba para completar su plan era conseguir los derechos sobre los depósitos de mena de

Monteverde. Con ese mineral bajo el control de Monterosso, podría conseguir la paz en la región. El mineral era su último recurso. Si Cristiano lo controlaba, los controlaría a ellos.

Sin embargo, su plan no era tan sencillo como había pensado en un principio. Antonella era mucho más astuta de lo que se había imaginado en un principio. Jamás permitiría que la compraran por tan poco. No. Seguramente esperaría la corona de Monterosso. Y Cristiano se la ofrecería en bandeja de plata si era necesario.

Sin embargo, jamás cumpliría su promesa. Casarse con Antonella Romanelli quedaba completamente descartado. Se sentiría humillada, pero sobreviviría. Ya había superado dos rupturas de compromiso. Una tercera no le haría ningún daño.

Miró hacia el tejado cuando una ráfaga de viento aulló por la estructura de la casa. Había esperado problemas, pero no de aquella clase. A pesar de que la tormenta le había servido para aislar a Antonella, le venía mal a él como hombre.

Abrió un cajón y encontró un rollo de cinta. Las puertas del patio eran las únicas que no tenían contraventanas. Aunque contaban con un tejadillo, no podía confiar en que éste fuera suficiente para proteger el cristal. Si se rompían, al menos la cinta evitaría que los trozos de cristal se esparcieran por todas partes.

Cuando terminó de colocar la cinta sobre los cristales, se dirigió al dormitorio para enfrentarse con su adversaria.

Antonella estaba sentada en una silla, hojeando una revista. No levantó la mirada al escuchar que él entraba.

–¿Ha empeorado la situación?

Cristiano abrió su bolsa y sacó ropa seca.

–Todavía no, pero creo que lo hará muy pronto. ¿Has encontrado una radio?

–Sí, pero no hay pilas.

–En ese caso, tendremos que tener cuidado a la hora de escuchar las noticias cuando nos quedemos sin luz. Tampoco hay mucha comida en la casa. Galletas, salchichas, una tarro de aceitunas, queso en spray...

–¿Qué es queso en spray?

Ella había levantado por fin la mirada, pero parecía haberse arrepentido de ello. Estaba observando la toalla que Cristiano llevaba alrededor de las caderas. Cuando ella se pasó la lengua por los labios, él creyó que iba a convertirse en piedra. De hecho, la toalla estaba a punto de revelar el efecto que ella producía en él.

Dio santo.

–Es un producto de los Estados Unidos –dijo, sin inmutarse–. Se echa así sobre las galletas.

–Suena asqueroso.

–Eso depende del hambre que uno tenga y del tiempo que quede hasta la siguiente comida.

Aunque Cristiano había nacido en una situación privilegiada, había servido en las Fuerzas Especiales de su país. Había conocido las privaciones y el hambre. Mientras ella vivía llena de comodidades en su palacio, sus paisanos debían vivir en búnkeres en la frontera, rodeados de artillería y de alambre de espino y comiendo alimentos empaquetados. Igual que lo había hecho Cristiano y los soldados con los que él había servido.

–Deberíamos haber regresado a la ciudad. Así no estaríamos aislados aquí con queso en spray y sin tener comunicación alguna con el mundo exterior.

–Da gracias porque estemos en un lugar seguro, *principessa*. Hay muchos en el mundo que no pueden decir lo mismo. Esto es lo mejor que pudimos hacer.

–No opino lo mismo. Estar aquí contigo es para mí una pesadilla.

–Bueno, se me ocurren mejores maneras de hacer

que pase el tiempo –comentó él porque sabía que esas palabras la molestarían.

–No creo que debamos gastar bromas sobre esta situación.

–¿Y qué te hace pensar que estoy bromeando?

Antonella se puso de pie y colocó las manos en las caderas.

–A ver si se te mete en la cabeza, Cristiano. No me voy a acostar contigo. Además, te agradecería mucho que te pusieras algo encima.

Cristiano se frotó el torso con la mano. Estaba disfrutando tremendamente con aquella situación. Más que el huracán al que se enfrentaban, lo que ponía nerviosa a Antonella era su desnudez. Sin duda, eso significaba que lo deseaba y que se sentía culpable porque así fuera.

Ciertamente conocía muy bien aquel sentimiento.

–¿Acaso te molesto así, *mia bella*?

Antonella se irguió aún más, como si fuera una monja que acabara de entrar en un club de striptease. ¿Por qué le excitaba aún más aquel pensamiento a Cristiano? Ella no era virgen. No era ingenua aunque fingiera serlo con tanta maestría. El contraste con la sensualidad de su cuerpo lo intrigaba. Lo excitaba. Seguramente ella ya lo había notado. Sólo llevaba una toalla puesta.

–No seas ridículo. No me afecta en absoluto ni de una manera ni de otra. Así que lo mejor sería que te pusieras algo de ropa.

Cristiano esbozó una sonrisa que expresaba desafío y triunfo a la vez.

–Creo que tienes razón.

Entonces, se quitó la toalla.

Capítulo 5

ANTONELLA se esforzó mucho para no gritar y darse la vuelta como si fuera una virgen asustada. No. Tenía que disimular. Conseguir que él pensara que tenía experiencia.

No obstante, Cristiano di Savaré era el primer hombre al que veía completamente desnudo. La visión la afectó de un modo bastante extraño. Se sintió mareada. Necesitaba sentarse antes de que las rodillas se le doblaran.

Se sentía muy acalorada. Se quedó boquiabierta, aunque rápidamente volvió a cerrar los labios.

Cristiano era... era... grande. Y, además, completamente desinhibido. La toalla estaba a sus pies, completamente olvidada. Los ojos le brillaban, desafiándola a reaccionar.

Todas las líneas de su cuerpo eran hermosas. Su piel era suave y dorada, aunque más clara desde un punto por encima de sus caderas hasta la parte alta de los muslos. Sin saber por qué, Antonella pensó que él debía pasar mucho tiempo al aire libre sin camisa.

Bajó los ojos hacia la parte inferior de su cuerpo, sin poderse creer lo que estaba viendo. Al mismo tiempo, le resultaba imposible apartar la mirada. El pene se levantaba sobre su cuerpo con orgullo. Antonella sabía lo suficiente sobre anatomía masculina como para saber lo que significaba un pene erecto. ¿Por qué? Eso era lo que no comprendía. ¿Cómo podía estar excitado? Habían estado discutiendo.

Se le ocurrió otro pensamiento aún más aterrador. ¿Acaso debía sentir miedo de él? Después de todo, estaban a solas en la casa. Era más grande que ella. Más fuerte. Llevaba el odio hacia ella inscrito en la sangre, lo mismo que le ocurría a Antonella con él. ¿Sería capaz de utilizar su fuerza y su tamaño contra ella para quitarle a la fuerza lo que quería? Aunque gritara, nadie acudiría en su ayuda.

Frenéticamente, trató de encontrar maneras en las que podía defenderse si él la atacaba.

–¿Quieres ayudar? –le preguntó él. Su voz era un sensual ronroneo. Lentamente, extendió la mano para tomar la ropa que había dejado sobre la cama.

Antonella contuvo el aliento. No. No creía que fuera a forzarla. Decidió darse la vuelta muy lentamente, para tratar de evitar que Cristiano se diera cuenta de lo afectada, o asustada, que se encontraba. No podía darle esa clase de poder.

De algún modo, consiguió que las piernas le funcionaran. Regresó a su silla, se sentó y tomó la revista. Pensó que sería mejor no tratar de pasar las páginas como antes al ver cómo le temblaban las manos. Se colocó la revista sobre el regazo y la abrió al azar para fingir que leía lo que allí hubiera escrito.

Cristiano, por su parte, no había hecho movimiento alguno. Seguía completamente desnudo, excitado. Antonella sintió que el miedo se veía reemplazado por el calor y el dolor de su propio deseo. ¡Qué extraño! Jamás se había dado cuenta de que el deseo sexual pudiera doler. El pulso le latía en el pecho, en el cuello, en las muñecas. Quería ir al cuarto de año y meterse en el agua fría con la que había llenado la bañera. Tal vez así conseguiría que desapareciera el calor.

–Me lo tomaré como un no –dijo Cristiano.

Las mejillas de Antonella ardían, pero eso no evitó

que volviera a sonrojarse de nuevo. Se había olvidado de que él había hablado con ella, que le había hecho una pregunta. Había estado tan distraída por el cuerpo de él, por sus propios pensamientos, que se había quedado en blanco.

¿Lo sabía él? ¿Debía preguntárselo o hacerse la distraída? Le pareció distinguir algo pálido en la periferia del ojo. Esperaba que fuera ropa. Le rogó a Dios que Cristiano se cubriera el cuerpo antes de que ella hiciera aún más el ridículo. Antes de que él se diera cuenta de que era la primera vez que veía a un hombre desnudo.

—Es una pena, Antonella —comentó él. El sonido de una cremallera estuvo a punto de provocar en Antonella un suspiro de alivio—. El tiempo pasaría tan agradablemente... Casi sin que te dieras cuenta, estaríamos a punto de marcharnos de nuevo.

—Claro que sí —replicó ella, obligándose a responder. Sin levantar la mirada, por supuesto—. Nos marcharíamos y tú no perderías tiempo alguno en informar a todo el mundo que te habías acostado conmigo.

—Yo no soy de esa clase de hombres, *principessa*.

—Por supuesto que no —replicó ella con incredulidad.

Antonella centró por fin en él la mirada. Llevaba otro par de pantalones cortos y una camiseta azul marino que se moldeaba perfectamente a su torso y abdomen. Él estaba vestido, pero a pesar de todo el pulso de Antonella latía tan rápidamente como si fuera un tren expreso.

—Sin embargo, si yo quisiera afirmar que hemos sido amantes, ¿qué podría impedírmelo?

—Tú no lo harías. Además, yo lo negaría.

Cristiano se echó a reír.

—¿Y quién te creería, *bellísima*? Ya tienes una cierta reputación, ¿sabes?

Antonella volvió a sonrojarse. Sí, tenía una reputación que se había ganado con las mentiras de los hombres, tal y como Cristiano amenazaba con hacer. Pasó una página de la revista. Se sentía furiosa.

—Tal vez se lo creerían cuando yo afirmara que no eres tan buen amante como parece indicar *tu* reputación. Yo podría decir que eres un amante egoísta y muy *rápido*.

Cristiano se echó a reír con más fuerza en aquella ocasión.

—Puedes intentarlo si quieres.

Antonella cerró la revista con un gesto de irritación.

—Esto es ridículo, Cristiano. Podríamos estar sumidos en un peligro real y, sin embargo, lo único que te preocupa es insultarme y hacer bromas.

—¿Sabes lo que pienso? —preguntó él, muy serio.

—No, pero sé que me lo vas a decir.

Cristiano se acercó al lugar en el que ella estaba sentada. Entonces, le quitó la revista de las manos. La miró y se la volvió a dar.

—Creo que me deseas. Y mucho, Antonella.

—Te estás engañando —mintió ella.

—¿Sí? —replicó él. Se puso de pie y se apartó sin esperar a que ella respondiera.

Antonella observó como él salía del dormitorio. Entonces, se miró las manos y se dio cuenta de que él le había dado la vuelta a la revista para que pudiera leerla. Ella había estado mirándola al revés desde el principio.

Cuando Cristiano regresó un rato después, ella había conseguido tranquilizarse un poco. Había probado a leer un libro, pero la electricidad había fallado y la había dejado en la oscuridad. Había tratado de encender la vela que tenía en una mesa cercana, pero se le había caído de las manos.

Antes de que pudiera ponerse a buscarla, llegó Cristiano. Con la ayuda de una linterna, tomó una vela y la encendió. Luego apagó la linterna. Un segundo más tarde estaba tumbado en la cama, con las manos detrás de la cabeza. Aquella postura moldeaba su torso y le abultaba los músculos de los brazos. Le daba un aspecto delicioso y muy sexy.

Antonella se cruzó de brazos con gesto protector y centró su atención en la vela para no mirarlo.

–Si seguimos ignorándonos el uno al otro, va a ser una noche muy larga.

–Ya ha sido un día muy largo. Interminable –replicó ella, mirándolo por fin.

–Sí. Háblame de Monteverde –dijo él de repente. Antonella se quedó boquiabierta.

–¿Por qué?

–Porque estamos a solas. La noche es muy larga y es un buen tema.

–¿Y por qué no me hablas tú sobre Monterosso?

–Si lo deseas...

Durante veinte minutos, Cristiano le describió su país. Montañas verdes, oscuros acantilados, el azul del mar. Ella lo escuchó atentamente, asintiendo de vez en cuando, cuando se daba cuenta de lo mucho que Monterosso parecía asemejarse a Monteverde. Se imaginaba perfectamente todo lo que él describía, tanto que sentía como si estuviera a su lado viendo las mismas cosas.

–Es sorprendente.

–Yo también lo creo –afirmó él.

–No. Me refería al hecho de que se parece mucho a Monteverde.

–¿Y te sorprende? Una vez fueron un único país.

–Y así desearías tú que volviera a ser.

–¿Acaso he dicho yo eso?

–No tienes que hacerlo. Es lo que tu pueblo lleva queriendo muchos años.

–¿Es ésa una opinión propia o la que te han inculcado tu padre y tu hermano?

–Si no es lo que Monterosso desea, ¿por qué tenemos que defender nuestra frontera? ¿Por qué están allí vuestros tanques y tu artillería? ¿Vuestros soldados?

–Porque los vuestros están allí.

–Entonces, ¿por qué no se dan la vuelta los dos ejércitos y se marchan a sus casas?

–Porque no confiamos los unos en los otros, Antonella.

Ella se sentó más erguida en la silla.

–Pero podríamos firmar un tratado, cooperar...

Cristiano soltó una carcajada.

–¿Y crees que eso no se ha intentado ya?

–Desde que mi hermano es rey, no. Sólo tenemos el alto al fuego...

–¿Y cómo podría eso cambiar la situación? Tu hermano es un Romanelli...

–¿Y qué quieres decir con eso? ¿Que no es de fiar? ¿Que no somos tan buenos como los Di Savaré?

–Significa que ni vuestra palabra ni vuestros tratados han sido suficientes hasta ahora.¿Por qué íbamos a creer que tu hermano es diferente de tu padre?

Antonella deseaba decirle por qué, pero no podía. Era una situación inexplicable y muy íntima. Lo que Dante y ella habían tenido que soportar no convencería a Cristiano. Además, él podría pensar que Dante era como su padre.

–Simplemente lo es.

–Sí, claro. Con eso basta para convencerme de la sinceridad de Monteverde.

–Aún tenéis que demostrar que vosotros sois mejores. Podríais dar la vuelta a vuestros tanques, retirar los soldados...

—¿Y permitiros que bombardearais a civiles inocentes? —replicó él lleno de ira.

—Nosotros no utilizamos bombas contra la población civil. Sólo nos defendemos contra la hostilidad de los monterossanos.

Cristiano soltó una carcajada llena de amargura.

—En eso te equivocas...

—No te creo...

El corazón le latía a toda velocidad. ¿Podría ser cierto? Su padre había sido más que capaz de ordenar tamaña crueldad. Recordó la mascota de Dante...

—Te aseguro que es cierto —afirmó él.

—¿Y cómo lo sabes? ¿Cómo puedes demostrarlo?

—No tengo que demostrarlo. Llevo los resultados en mi corazón y así será para el resto de los días de mi vida.

—¿Fuiste... herido? —preguntó. No había visto cicatriz alguna. ¿Significaría eso que había perdido a alguien?

—Mi esposa, *principessa*. Murió en una misión humanitaria en la frontera. Una bomba estalló al paso del camión en el que iba.

—Lo siento —susurró, con sincera aflicción. Se había enterado de que su esposa había fallecido poco después del matrimonio, pero no de cómo había muerto. Tan sólo llevaba unos pocos meses disfrutando de la verdadera libertad de información. Antes de eso, su padre controlaba cuidadosamente las noticias que a ella le llegaban.

Una bomba. Horrible. Pobre mujer. Pobre Cristiano...

—Claro —replicó él con indiferencia.

—Te aseguro que lo siento, Cristiano. Yo también he perdido a seres queridos.

–¿De verdad? –repuso él. Su voz era fría como el hielo–. Sin embargo, siempre has conseguido encontrar a alguien que reemplace a los que se van.

Aquellas palabras dolieron a Antonella. Cristiano la consideraba un monstruo, la clase de mujer que no siente nada por nadie nada más que por sí misma. Lo que no lograba entender era por qué le afectaba tanto que pensara así.

A pesar de todo, decidió que no iba a llorar. No le daría esa satisfacción. Su opinión no significaría nada para él.

Se levantó. Estaba demasiado cansada para seguir soportando aquella clase de maltrato. Había aprendido que el maltrato psicológico permanecía con una persona para siempre. Había aprendido aquella lección hacía mucho tiempo. La chinchilla de Dante había sido el primer ejemplo. No iba soportarlo más. Nunca más.

–¿Adónde vas? –le preguntó él al ver que salía por la puerta del dormitorio.

Antonella se dio la vuelta y, con la cabeza bien alta, pudo controlar las lágrimas.

–No importa donde me quede, ¿verdad, Cristiano? Para mí, hay peligro en todas las habitaciones de esta casa. Por lo tanto, me marcho a otra durante un rato.

Cristiano bajó la cabeza y se concentró en respirar. No debería haberle hablado a Antonella de la muerte de Julianne, pero no se había podido contener al escuchar cómo ella acusaba a Monterosso de prolongar las hostilidades. Tenía que ir tras ella. No podía dejar que anduviera por la casa. La tormenta se estaba intensificando. Se podía caer un árbol. Romperse una ventana. La muerte permanecía al acecho sobre la estructura como una serpiente que simplemente esperaba la oportunidad de atacar.

No podía dejar que eso ocurriera. Si quería acabar con la violencia entre sus dos países, la necesitaba.

No.

Reclinó la cabeza sobre la cama y suspiró. Era más que eso. Aunque no confiara ni sintiera mucha simpatía hacia Antonella, era una persona y no se merecía morir. Sólo había querido averiguar un poco más sobre ella. Tendría que haberse imaginado que la conversación terminaría de aquel modo. ¿Era posible que un ciudadano de Monteverde y uno de Monterosso pudieran estar juntos sin pelear sobre los problemas existentes entre sus dos países? Si fuera posible, tal vez habría una oportunidad para la paz. Si así quería que fuera, tendría que controlar sus sentimientos y tendría que comportarse con Antonella como un hombre racional, no como un león herido.

Se levantó de la cama y tomó la linterna. Entonces, salió por la puerta. En el exterior, el viento aullaba y gemía. Las ramas de los árboles arañaban el tejado con un siniestro sonido, como el de las uñas cuando arañan una pizarra. Las paredes gruñían y crujían.

—¡Antonella!

Ella no contestó. La buscó en el salón, en la cocina. Notó que la temperatura de la casa estaba empezando a subir. Muy pronto, tendrían que abrir una ventana. Necesitarían aire fresco.

—¡Antonella!

Entró en el primer dormitorio. Nada. El segundo también estaba vacío. La encontró en el tercero. Estaba tumbada en la cama, abrazada desesperadamente a una almohada. Aquella imagen provocó un profundo arrepentimiento en el pecho de Cristiano.

Parecía una niña, asustada y vulnerable. Su instinto

de protección entró en acción. Tenía que recordar quién era ella. Lo que era. Llevaban allí unas pocas horas y ya se estaba reblandeciendo.

–Antonella...

–Vete.

–Aquí no estás segura. Tenemos que regresar a la habitación principal.

–Ahí tampoco estoy segura –replicó ella sentándose en la cama–. Prefiero estar aquí.

–No seas tonta. Vamos.

Cristiano dio un paso al frente, pero ella se acurrucó contra el cabecero. Dobló las rodillas hacia el cuerpo, como si así quisiera protegerse más de él.

–No va a servir de nada, *principessa* –comentó con exasperación. Su instinto le decía que la sacara de allí inmediatamente, por mucho que ella se opusiera–. Soy más grande y más fuerte que tú. Podré contigo.

Antonella abrió los ojos de par en par cuando él hizo ademán de agarrarla. Justo en aquel momento, se produjo un fuerte ruido en el exterior. El viento parecía aullar aún más fuerte.

Cristiano le agarró un pie y tiró de ella. Antonella comenzó a gritar. Cuando él la tomó entre sus brazos, se retorció como si fuera una gata.

–¡No!

–Deja de oponerte. Tenemos que salir de aquí –le dijo Cristiano, tras agarrarla de los hombros y zarandearla para que lo comprendiera.

Sin embargo, ella no parecía escuchar nada. Se giró de nuevo y cayó encima de la cama cuando él no tuvo más remedio que soltarla. Cristiano se abalanzó sobre ella para agarrarla de nuevo. No le gustaban en absoluto los ruidos que estaba escuchando sobre sus cabezas.

–Tenemos que marcharnos. Ahora mismo.

En vez de cooperar, ella se encogió y se cubrió la cabeza, como si Cristiano fuera a pegarla. Aquella imagen hizo que él se detuviera durante un instante. Nunca había pegado a una mujer en toda su vida. Jamás se había asustado una mujer de él de aquella manera, como si fuera a hacerlo. ¿De verdad había creído que...?

¿Por qué?

Un fuerte crujido hizo que Cristiano levantara la cabeza hacia el techo. Un instante más tarde, el tejado se abrió. Las tejas y la madera comenzaron a caer a través de la grieta. No quedaba tiempo.

La adrenalina y el instinto lo hicieron reaccionar. Cristiano agarró a Antonella y la sacó de la cama. Sólo tuvo tiempo de protegerla con su cuerpo antes de que la pared se abriera bajo el peso del árbol como si fuera una cremallera.

Capítulo 6

CUANDO Antonella recuperó el conocimiento, lo primero que notó fue el peso que la aprisionaba contra el suelo. Casi no podía respirar. Lo segundo fue el fuerte olor a lluvia y a madera mojada. Las ráfagas de viento azotaban con fuerza su cuerpo, enfriándola especialmente donde tenía el vestido mojado. Trató de apartar el peso, pero notó que éste se movía. De repente, se encontró contemplando el rostro de Cristiano.

El corazón le dio un vuelco al ver que él tenía sangre cayéndole por la mejilla.

–¿No estás herida? –le preguntó él antes de que Antonella consiguiera hablar.

–Yo... no lo creo, pero no puedo respirar.

Cristiano se echó a un lado para que ella pudiera respirar más profundamente.

–¿Qué ha ocurrido?

Cristiano levantó la mirada. Antonella hizo lo mismo y se quedó atónita al darse cuenta de lo que veía. Una parte del tejado había desaparecido. Y la pared. Sin embargo, eso no era lo más sorprendente de todo, sino el hecho de poder contemplar el lluvioso cielo a través de las ramas de un árbol. La mayor parte de éste había caído sobre la cama y las retorcidas ramas se extendían en todas direcciones.

Oh, Dios...

Si él no la hubiera sacado de la cama a tiempo... El

colchón había impedido que el árbol cayera al suelo y que los aplastara a ambos bajo el peso de sus ramas. A pesar de todo, tendrían que salir de allí arrastrándose.

Antonella tocó el rostro de Cristiano y trató de ignorar las sensaciones que la recorrían por aquel simple contacto.

—Estás sangrando...

Él se pasó la mano por el rostro.

—No es nada grave. Sólo un arañazo.

—Pues hay mucha sangre.

—No es nada.

Antonella trató de dejar de temblar. Si estuviera malherido, seguramente él lo sabría. Había servido en el ejército, por lo que debía de tener experiencia con aquella clase de cosas. No le quedaba más remedio que confiar en él.

Cristiano se levantó la camiseta y se limpió el rostro con ella.

—Tendremos que salir de aquí a gatas. ¿Podrás hacerlo?

—Sí.

—Nos va a costar salir. No te separes de mí.

Aunque Cristiano se movía con cuidado, Antonella se arañó los brazos y las piernas más veces de las que pudo contar. Las astillas, las tejas y los ladrillos de la pared estaban por todas partes, lo que hacía que el proceso resultara lento y doloroso.

Trató de no gritar de dolor. Sabía que no iba a servir de nada. Debía concentrarse en salir de debajo de aquel árbol antes de que la tormenta empeorara. El viento los golpeaba con fuerza y la lluvia los empapaba por completo, helándoles la piel.

Afortunadamente, aún quedaba algo de luz en el exterior. Si hubiera sido completamente de noche, no habrían podido salir de allí. La linterna de Cristiano, que era la única luz que tenían, había quedado perdida entre los cascotes, seguramente durante la pelea que tuvo con ella.

Todo había sido culpa suya. Habían estado a punto de morir por ella.

A su alrededor, la madera crujía horriblemente. Las ramas arañaban su delicada piel. Después de lo que pareció una eternidad, Cristiano se volvió para mirarla. Antonella se dio cuenta de que habían logrado salir y que él le estaba levantando las últimas ramas.

Ella salió por debajo y vio que Cristiano le estaba ofreciendo una mano para que se levantara. Al incorporarse, sintió un fuerte dolor por haber estado tanto tiempo arrastrándose sobre el suelo, pero siguió sin gritar. Hacía mucho tiempo que había aprendido a no demostrar dolor alguno. El dolor significaba vulnerabilidad y, en su experiencia, vulnerabilidad para un hombre era como ofrecerle sangre a un tiburón.

–Agárrate a mi camiseta –le ordenó él.

Antonella hizo lo que él le había pedido y siguieron moviéndose. Instantes más tarde, llegaron al dormitorio principal. Comparado con el lugar en el que acababan de estar, aquello era un remanso de paz. Las blancas sábanas relucían a la luz de la vela. Antonella quería tumbarse en ella, quedarse dormida y rezar para que aquello fuera sólo una pesadilla y que, a la mañana siguiente, cuando se despertara, estuviera en su habitación de su casa de Monteverde. Dante e Isabel se reirían cuando les contara su extraño sueño durante el desayuno.

–Ven al cuarto de baño –dijo Cristiano. Portaba en la mano el botiquín que había llevado a la habitación cuando recogieron todo lo necesario–. Tenemos que limpiarnos estos cortes.

Por primera vez, Antonella se dio cuenta de que él

también tenía arañazos por todas partes. Sin embargo, cuando él se volvió, tuvo que ahogar un grito.

—¡Tu espalda, Cristiano!

Tenía la camiseta rasgada. Una herida recorría la espalda de un lado al otro de sus anchos hombros. Él la miró.

—Lo sé. Tendrás que curármela.

En el cuarto de baño, la luz que entraba por las tres ventanas del techo proporcionaba la luz suficiente para que no necesitaran vela. Cristiano tomó una toalla de una estantería y la mojó en el agua que había en el lavabo. Después, la retorció y se la entregó a ella.

—Limpia la sangre y la suciedad —dijo. Entonces, tomó otra toalla para sí mismo. Se quitó la camiseta mientras ella se limpiaba brazos y piernas.

Varios de los cortes volvieron a sangrar, por lo que Antonella presionó con fuerza la toalla sobre ellos para detener la hemorragia. Por suerte, ninguno de los cortes era muy profundo, aunque le saldrían hematomas en los lugares que se había golpeado cuando Cristiano la empujó contra el suelo.

—Cuando hayas terminado, ponte esto por encima —dijo él mientras le daba un frasco de antiséptico—. Te escocerá un poco.

—Me he cortado antes. Sobreviviré a las escoceduras.

Mientras ella se aplicaba el spray antiséptico sobre los cortes, Cristiano preparó unas vendas. Ella tenía tres cortes que necesitaban cubrirse.

—Puedo hacerlo sola —afirmó ella cuando vio que Cristiano se disponía a ayudarla.

Estaba tan cerca... Su torso desnudo relucía de sangre y sudor. Tenía el cabello mojado y una mancha de tierra encima del ojo derecho, que no se había logrado limpiar con la sangre. Sin embargo, incluso sucio y desarrapado, le aceleraba los latidos del corazón.

Cristiano no dijo nada. Simplemente le entregó la venda y dejó que se curara ella sola. Después de que cubriera las heridas de rodillas y brazos, se incorporó. Cuando lo miró, vio que Cristiano la estaba observando con una extraña expresión en el rostro.

De hecho, no resultaba tan extraña. Cuando ella se inclinó para vendarse las rodillas, había podido contemplarla a placer a través del escote abierto del vestido. El frío que había atenazado hasta entonces el cuerpo de Antonella se transformó en una lánguida calidez.

Los ojos de Cristiano se nublaron durante un instante. Cuando la tomó entre sus brazos, ella pensó que el corazón se le iba a detener. ¿Iría a besarla? ¿Y ella? ¿Se lo permitiría?

Los dedos de él le rozaron la oreja cuando le colocó un mechón detrás. Un escalofrío le recorrió el cuerpo.

–¿Por qué has creído que te iba a pegar, Antonella? –le dijo él suavemente.

Antonella se tensó. Trató de disimular, pero se dio cuenta de que Cristiano lo había notado. No quería que él viera lo cerca que estaba de la verdad, lo mucho que la turbaba que él supiera algo tan íntimo y personal sobre ella. ¿Cuántas veces iba a desmoronarse delante del hombre al que debía odiar?

–Lo siento –respondió por fin–. Simplemente estoy un poco estresada. He tenido una reacción exagerada.

Sin embargo, Cristiano no iba a ceder.

–¿Te pegó uno de tus amantes? ¿Por eso pensaste que yo iba a hacer lo mismo?

–¡Por supuesto que no!

Le avergonzaba pensar cómo había reaccionado. Habitualmente, era una mujer que se controlaba siempre perfectamente. Sin embargo, el problema era que Cristiano había estado muy cerca de la verdad.

Decidió cambiar de tema. No soportaba el escrutinio

de su mirada ni el hecho de que él amenazara con desvelar sus más íntimos secretos. Se estaba empezando a cansar de estar siempre en estado de alerta y también le preocupaba el hecho de que pudiera empezar a revelarle secretos demasiado íntimos si Cristiano seguía mostrándose tan compasivo con ella o, al menos, fingiendo que así era.

No obstante, no podía olvidar que le había salvado la vida. ¿Por qué lo habría hecho? No lo sabía, pero odiaba los sentimientos de culpabilidad y gratitud que se estaban produciendo en ella por esa causa.

Rezó para que él no insistiera más ni pidiera respuestas que no podía darle. Antonella estaba segura de que no podría soportarlo.

—Tienes que darte la vuelta y dejar que te vea la espalda.

En silencio, Cristiano le entregó otra toalla y se volvió. Antonella sintió un profundo alivio, aunque no le duró mucho tiempo. En cuanto le vio la espalda, sintió una profunda angustia. La sangre manaba de una larga y profunda herida que iba de un omoplato al otro. Limpió rápidamente la sangre y el sudor, pero tuvo que ponerse de puntillas para inspeccionar mejor el corte. Con mucho cuidado, apretó la toalla y limpió bien la zona. La sangre volvió a manar abundantemente.

—Creo que tendremos que vendarla.

—Lo sospechaba.

—¿Te duele?

—Mucho.

—Lo siento mucho, Cristiano —dijo ella. Le había sorprendido que él admitiera su dolor.

—He pasado cosas peores, *principessa*.

—No. Me refería al hecho de haber sido la causante de esto.

—No es culpa tuya que se cayera un árbol.

–Pero si yo me hubiera quedado contigo en la otra habitación...

–No importa, Antonella. Ocurrió. Ya no podemos hacer nada al respecto.

–¿Eres siempre tan estoico?

–No siempre lo he sido, no.

Antonella no preguntó a qué se refería. No tenía que hacerlo. Había perdido a su esposa. Esa clase de dolor era mucho peor que cualquier otro. De hecho, se preguntaba si se podría curar alguna vez ¿Podría volver a amar alguna vez a otra mujer?

–Creo que ya está. Ahora tengo que poner el antiséptico.

–Adelante.

–¿Listo? –preguntó Antonella tras tomar el frasco.

–Sí.

Ella pulverizó el líquido sobre la herida. Cristiano no emitió ni un solo sonido, aunque apretó los puños con fuerza.

–Creo que ya está.

Cristiano rebuscó en el botiquín y sacó una venda.

–Ahora, tienes que vendarla con fuerza.

Antonella tomó la venda y comenzó a colocársela. Cuando terminó, él se dio la vuelta. Con la venda por encima del pecho, parecía más humano y vulnerable que antes. ¿Dónde estaba en arrogante príncipe de la noche anterior? Sin duda, seguía allí. Sin duda, Antonella tendría que seguir en guardia. Las apariencias eran engañosas. Ella lo sabía mejor que nadie.

–¿Te encuentras bien? –le preguntó Cristiano.

–¿Y por qué no iba a estarlo? –respondió ella.

Él se encogió de hombros.

–Ha sido una tarde bastante dramática. Estoy seguro de que no estás acostumbrada a vendar heridas, *principessa*.

–A lo mejor te equivocas.

–¿Acaso trabajaste de voluntaria en el hospital?

Antonella bajó la mirada y comenzó a recoger todo lo que había en el lavabo.

–No. Olvida lo que he dicho.

De repente, Cristiano le agarró la muñeca. Entonces, deslizó la mano sobre el brazo de ella.

–Eres una mujer interesante.

–No.

–Yo creo que sí. Eres una princesa. Una Romanelli y, aunque estoy seguro de que estás algo mimada, existe otro lado tuyo. Un lado bastante turbador.

Antonella se soltó de él.

–No hay nada turbador en mi persona, Cristiano. Soy una princesa mimada, tal y como tú has dicho. He vivido la vida, tal y como tú dijiste. He visto mundo. He visto cosas.

–¿Dónde? ¿Cuándo? Tal vez uno de tus amantes amenazó con arrojarse por un acantilado cuando amenazaste con abandonarlo.

–Sí, eso fue –replicó ella, tan despreocupadamente como le fue posible.

Antes de que pudiera reaccionar, Cristiano la acorraló contra el lavabo del cuarto de baño. Colocó una mano a cada lado de su cuerpo, aprisionándola así. La presión de su cuerpo fue más que suficiente para volverla loca de necesidad.

–Siento la necesidad de saber lo que podría hacer que un hombre se volviera tan loco –susurró–. ¿Me lo vas a mostrar, Antonella?

–Yo... yo no creo que...

A pesar de que una voz interior le decía que no permitiera aquello bajo ninguna circunstancia, cerró los ojos. Sintió como los labios de Cristiano acariciaban los suyos. El contacto la sorprendió tan profundamente que contuvo la respiración. Él tomó el hecho de que ella abriera la boca como una invitación.

Aquella vez, Antonella estaba preparada para sentir la lengua de él contra la suya, pero las sensaciones resultaron tan desconcertantes como la noche del yate. No fue consciente de que sus brazos se movieran, pero, de repente, los encontró alrededor del cuello de Cristiano. Su aroma era tan masculino, tan delicioso, a hombre, a sudor, a sangre y a especias. La combinación resultaba muy excitante.

Aquel beso condujo a la zona de peligro mucho más rápidamente de lo que pudiera haber esperado. La boca de Cristiano la devoraba, pero, sorprendentemente, la de ella no se quedaba atrás. ¿Se debería al hecho de que habían sobrevivido a la muerte?

No estaba segura ni le importaba. La boca de Cristiano era mágica. Aquel beso era el centro de su mundo en aquel instante. Si lo soltaba, temía perderse en el espacio.

Por eso, lo abrazó con fuerza e inclinó la cabeza para tener mejor acceso. Un gemido se le escapó de los labios cuando las palmas de las manos de él le acariciaron los costados y le rozaron suavemente la curva de los senos. ¿Iba a tocarla? Una parte de su ser lo deseaba, lo suplicaba, pero la otra parte le recordaba que tenía que detener aquello inmediatamente.

No podía perder su virginidad con el príncipe de Monterosso. Era impensable. La humillación de haberse entregado a un hombre que la odiaba de aquella manera sería devastadora.

De repente, Cristiano le agarró las caderas y la levantó sobre el lavabo sin romper el beso. Tenía las manos cálidas y suaves cuando se las colocó sobre las rodillas para separárselas. A continuación, se las deslizó por los muslos para levantarle el vestido. Cuando sus cuerpos se unieron en sus partes más íntimas, el temblor que le recorrió el cuerpo se vio reflejado en el cuerpo de él. Lo único que los separaba era una fina tela.

Se acumulaban tantas sensaciones... La firme columna de su entrepierna se erguía contra la dulzura de la de ella. Las chispas del deseo saltaban entre ellos. La deliciosa presión que iba creciendo dentro de ella demandaba un alivio inmediato.

Además, sentía la necesidad de saber qué ocurría a continuación. Ansiaba experimentar la gloriosa unión de la que tanto había oído hablar. Sentirla con aquel hombre en particular.

El beso no había parado ni siquiera durante un momento. En realidad, se había intensificado.

Entonces, notó las manos de Cristiano sobre la piel desnuda. Los pulgares rozaban el interior de sus muslos y llegaban al borde del elástico de sus braguitas. En cualquier momento, él sobrepasaría la barrera de seda y encaje y sus dedos la tocarían donde nadie la había tocado antes.

Ese hecho la asustaba. Iban demasiado deprisa. No podía tener relaciones sexuales con Cristiano y, mucho menos, sobre el lavabo de un cuarto de baño. Siempre había deseado averiguar qué se sentía, saber si el sexo era tan increíble como decían las novelas que ella había leído o como contaban otras mujeres. Jamás lo había deseado tanto hasta aquel instante.

Sin embargo, estaba completamente fuera de lugar. Tenía que detenerlo antes de que fuera demasiado tarde.

–Cristiano, no... –susurró, justo en el instante en el que el pulgar sobrepasaba la barrera de la braguitas y le rozaba sus partes más íntimas–. Por favor, detente...

Por fin pareció escucharla. Dio un paso atrás, con la confusión claramente reflejada en sus hermosos rasgos.

–No puedo... No puedo.

Las frustración se apoderó de él y, sorprendentemente, la resignación. ¿Cuántos hombres habían tratado
de convencerla para que los permitiera llevársela a la
cama sin conseguirlo? Sin protestar, se apartó de ella,
retirando la deliciosa presión del cuerpo de Antonella.
Ella estuvo a punto de llorar por aquella pérdida. Sin
embargo, se sintió aliviada. Estaba mal desearlo. Era
inútil.

—Porque soy de Monterosso, por supuesto.

—No, no. No es por eso.

—Entonces, ¿por qué, Antonella? Sé cuando una mujer me desea y tú me deseas tanto como yo a ti. Que
Dios me ayude.

Aquellas palabras le llegaron al corazón. Se bajó del
lavabo y se colocó el vestido.

—Tal vez ésa sea la razón, Cristiano.

—¿Me rechazas porque me deseas?

—No. Porque me desprecias y te desprecias a ti mismo
por desearme.

—Soy un hombre. No me odio por desear a una mujer
hermosa.

Ella tragó saliva para aliviar el nudo que se le había
hecho en la garganta.

—Tal vez no, pero me odias a mí. Soy de Monteverde. Y Monteverde mató a tu esposa.

«Monteverde mató a tu esposa».

Cristiano la miró fijamente. Tras pronunciar aquellas
palabras, Antonella se había dado la vuelta y había salido corriendo.

Había una cierta verdad en ellas. Casi verdad. Un
ataque enemigo había sido la causa real, pero había sido
él quien había matado a su esposa. La había matado ca-
sándose con ella. Si hubiera sido sincero con Julianne

sobre sus sentimientos, sobre su historia, sobre su deber con el trono y sobre el profundo conflicto que existía entre Monteverde y Monterosso, ¿se habría arriesgado ella?

No le gustaría tener que responder aquella pregunta, una pregunta que lo atormentaba y que lo empujaba al mismo tiempo.

Como si ya las cosas no fueran lo bastante complicadas, Antonella añadía un poco más. Cristiano no había esperado que ella reconociera el tormento en el que se encontraba. Ella no era lo que había esperado. A pesar de sus esfuerzos por creer lo contrario, la imagen que tenía de ella estaba adquiriendo nuevos parámetros.

Y no le gustaba. Se sentía furioso consigo mismo. Y con ella.

Antonella despertaba sentimientos en él de un modo que no le gustaba. Por supuesto, eran en parte sexuales. Ella era una mujer muy hermosa y con una cierta inocencia que él encontraba absolutamente arrebatadora. No era de extrañar que los hombres se volvieran locos por ella.

Además, Antonella se había mostrado muy asustada de él cuando trató de sacarla del dormitorio. Aquellas reacciones sólo podían atribuirse a un trauma en su vida.

¿Qué había pasado? ¿Quién le había hecho daño?

¿O acaso estaba fingiendo? ¿Había alguien capaz de alcanzar aquel nivel de mentira? Si era así, había estado a punto de conseguir que los dos resultaran muertos.

Desgraciadamente, no sabía cuál era la verdad. Lo que tenía que hacer era apartar todas las dudas e incluso la atracción sexual que había entre ellos para que no pudiera afectarle. No necesitaba conocer a Antonella ni comprender por qué se mostraba en ciertas ocasiones tan aterrorizada, tan vulnerable.

Nada la excusaba de los delitos que había cometido

su familia ni del modo despótico en el que gobernaban su nación. Nada de eso la hacía buena. Antonella era demasiado inteligente para ser un mero peón. Eso significaba que tenía que saber las cosas que les ocurrían a los que se atrevían a oponerse al régimen de los Romanelli. Periodistas, ingenieros, científicos, profesores... Todos los que se habían atrevido a levantar la voz durante el reinado de su padre habían sido silenciados. Algunos habían huido del país, otros estaban en la cárcel y no se había vuelto a tener noticias de ellos.

Cristiano no tenía ninguna duda de que seguía ocurriendo lo mismo. ¿Qué incentivo tenía el rey Dante para permitir que su pueblo fuera libre? Había derrocado a su propio padre, pero la dictadura militar continuaba. No había retirado las tropas de la frontera ni había hecho nada aparte del alto al fuego para certificar la paz.

Si Cristiano fracasaba en su misión, todo sería más de lo mismo. Más bombas, más armas, más tanques, más vidas perdidas.

Cristiano recogió las toallas sucias en una cesta y guardó todo en el botiquín. Cuando se volvió para marcharse, su imagen en el espejo lo obligó a detenerse. Tenía un aspecto frío, cruel.

Exactamente lo que necesitaba ser.

Capítulo 7

ANTONELLA sacó un vestido de punto de una de sus maletas. Era de color verde jade, lo que le hizo fruncir el ceño. Sabía que era suave y cómodo, pero resultaba demasiado elegante para un huracán.

Desgraciadamente, era la prenda más informal que tenía. Se dirigió al vestidor y echó el pestillo de la puerta antes de quitarse el vestido húmedo y rasgado. Tras ponerse el limpio, abrió la puerta que llevaba al dormitorio. Metió el que se había quitado en la maleta y sacó un peine. Tenía el cabello lleno de nudos. Se lo había recogido con una coleta, pero no le había servido de nada con los fuertes vientos que había tenido que soportar mientras salían de debajo del árbol.

Dios...

Se dio cuenta de que la mano le estaba temblando. Habían estado a punto de morir. Era un milagro que hubieran salido con vida. Ciertamente, ese hecho podría servir de excusa para el beso que había compartido con Cristiano.

Nunca.

Ocurriera lo que ocurriera, él era Cristiano di Savaré, príncipe de Monterosso. No era, ni lo sería nunca, un caballero andante. Seguramente, si no estuvieran allí atrapados, él no le resultaría tan atractivo. Como tampoco si él no fuera el único hombre del planeta a quien no debía desear.

Era su naturaleza perversa. Su lado oscuro, el que gozaba creando problemas. ¿Acaso no era culpa suya que su padre se enojara con ella?

Dante siempre le decía que no lo era, pero ella sabía que era la única culpable. Siempre que recordaba un episodio con su padre, había algo que ella había hecho antes para que se pusiera violento. La última vez fue el día en el que él arrestó a la princesa de Montebianco. Antonella se había atrevido a decirle que ella no tenía intención de asistir a un acto oficial aquella noche. No había querido sentirse humillada cuando Nico Cavelli apareciera con su esposa. No había querido ver a Lily Cavelli, verse obligada a hablar con ella cuando se había desmoronado delante de ella en un salón de belleza parisino tan sólo un par de semanas antes. Su padre se había enfurecido cuando Nico rompió el compromiso con ella y se casó con Lily. Antonella había creído, equivocadamente, que su padre comprendería por qué no quería estar presente aquella noche.

No había sido así. Cuando le abofeteó el rostro y le dijo que estaría presente en el acto, vestida para impresionar a todos. Entonces, había amenazado a Bruno si ella se atrevía a desafiarlo. Bruno, su dulce perrito que tanto la quería.

Por supuesto, ella había acudido a la fiesta a pesar de los hematomas que tenía en la mejilla y bajo el ojo.

Había resultado ser una de las mejores cosas que había hecho en toda su vida, porque había conocido a Lily. En los meses siguientes, se había hecho amiga íntima de la otra princesa. Aparte de Dante, Lily Cavelli era su única amiga en el mundo.

¡Daría cualquier cosa por hablar con Lily en aquel momento! Debería haber convencido a Dante para que fuera a Montebianco en primer lugar antes de acudir a Vega. Sin embargo, Dante era orgulloso y testarudo y quería salvar a su país con su propio sudor. Había creído que era posible y Antonella se había dejado convencer.

Oyó que la puerta del cuarto de baño se abría, pero no levantó la mirada. Los latidos del corazón se le aceleraron. Estaba empezando a acostumbrarse, aunque no le gustaba el hecho de no poder controlar las reacciones que tenía hacia Cristiano.

De reojo, vio que él salía por la puerta. Seguía sin camisa. Él se dirigió hacia la puerta del dormitorio y la abrió. El viento entró soplando en el interior y amagó con apagar la vela. Cristiano volvió a cerrar la puerta. Afortunadamente, la vela volvió a cobrar vida.

–¿Está mal la situación?

–El viento está haciendo que entre mucha lluvia en la casa. Creo que se intensificará en las próximas horas –dijo, mientras sacaba una camiseta de la maleta y se la ponía.

–La puerta no va a aguantar, ¿verdad?

–No. Probablemente, no.

–¿No deberíamos meternos en el cuarto de baño o en el vestidor? Al menos, así habrá otra puerta entre nosotros y la tormenta.

–Sí. El vestidor sería mejor. Es una habitación interior y no hay ventanas que pudieran romperse en medio de la noche.

No tardaron mucho en recoger sus escasas pertenencias y lo que habían reunido en la casa. Antonella trató de no pensar en cómo se sentiría al verse confinada en un espacio tan pequeño con Cristiano durante las siguientes horas. Sabía que lo conseguiría. Simplemente, tenía que recordarse que podía ser aún peor.

Cuando estuvieron en el interior de la pequeña habitación, Cristiano volvió a salir para regresar con mantas y almohadas de la cama. Antonella aceptó agradecida una almohada y, tras ponérsela detrás de la cabeza, se apoyó contra la pared. Estaba muy cansada, pero no quería quedarse dormida aún. Se sentía todavía demasiado excitada.

Ese beso... Por mucho que se esforzara en apartar los sentimientos, las imágenes, no hacía más que sentir la boca de Cristiano sobre la suya, la caricia de la lengua, las manos sobre su caliente piel. Lo había deseado tanto...

Aún seguía deseándolo. Resultaba muy desconcertante.

Si ella no lo hubiera detenido, ¿dónde estarían en aquel instante? ¿Seguirían haciendo el amor o estarían ya exhaustos y se encontrarían durmiendo?

Deseó no haberlo visto desnudo, porque resultaba demasiado fácil imaginarse su cuerpo, recordarlo...

—¿En qué estás pensando, Antonella?

—Estaba pensando lo mucho que me gustaría estar en mi casa, en mi cama. Con Bruno —mintió.

—¿Bruno? ¿Es uno de tus amantes?

Antonella se echó a reír.

—No. Bruno es mi perro. Es la luz de mi vida y lo echo terriblemente de menos.

—¿Estabas pensando en tu perro? No era eso lo que me había parecido.

—En ese caso no lo sabes todo, ¿no te parece?

—No, claro que no, pero las cosas que sí conozco las conozco muy bien.

—Y, a pesar de todo, parece que te puedes equivocar —dijo ella. Cristiano no se había equivocado, pero no iba a admitirlo.

—¿Qué clase de perro es?

—Un pomerania. Es muy mono.

—Un perro de chicas. Me lo tendría que haber imaginado.

—Supongo que tú tendrás un perro que se parezca más bien a un caballo, ¿no?

–En realidad, tengo un gato.

Antonella se quedó boquiabierta.

–¿Un gato? ¿De verdad?

–Sí. Seguramente, Scarlett será mayor que tu Bruno.

–¿Tienes un gato que se llama Scarlett? –comentó ella, sin poder creer lo que había escuchado.

–Sí. Scarlett O'Hara porque es una belleza del sur algo egoísta –dijo. La sonrisa se le borró completamente del rostro–. En realidad, era de mi esposa. Julianne era de Georgia y *Lo que el viento se llevó* era su película favorita.

–Oh –musitó ella, sin saber qué decir.

Afortunadamente, Cristiano siguió hablando de su gata.

–Ya se está haciendo vieja –añadió–. Está muy mimada. No puedo decirle que no cuando quiere que le dé un premio.

–Es decir, que te tiene dominado.

–Sí.

El estoicismo que se reflejaba en el rostro de Cristiano la entristeció profundamente. Tenía que hablar, aunque él se enfadara con ella.

–No sabía lo de tu esposa. Cómo murió, quiero decir. Sé que tal vez no me creas, pero no le desearía lo ocurrido a nadie. Siento mucho el dolor que sientes.

–Tal vez sea así....

Antonella esperó a que él dijera algo más. Cuando guardó silencio, se preparó para tumbarse y tratar de dormir un poco. El día había sido demasiado intenso y sólo quería olvidarse de todo lo ocurrido durante unas horas. Tal vez cuando se despertara, la tormenta habría pasado y podrían salir de allí. La esperanza era lo único que le quedaba.

De repente, su estómago protestó sonoramente.

Cristiano abrió los ojos.

—¿Por qué no dijiste que tenías hambre?

—No me había dado cuenta hasta ahora.

Él miró el reloj.

—Han pasado horas desde el desayuno. Tenemos que comer, aunque será mejor que racionemos lo que tenemos —dijo. Le entregó una caja de galletas—. Ábrelas mientras yo descorcho el vino.

—¿Cuánto tiempo crees que podríamos estar aquí?

—Espero que no más de un día o dos.

Antonella se quedó atónita. Un día o dos. Allí. En una minúscula habitación. Con Cristiano. Que Dios la ayudara.

Él sirvió un vaso de vino para cada uno. Entonces, tomó el cuchillo y cortó unas rodajas de las salchichas.

—¿Quieres también queso?

—No.

Observó como él untaba la galleta de queso y se la comía con la salchicha encima. Tal vez no estaba tan mal...

Comieron en silencio. Antonella dio gracias al dueño de la casa en silencio por el vino, aunque no tuviera mucho de comer. No solía beber demasiado, por lo que haría falta mucho para que se relajara un poco. Y, en aquellos momentos, era justamente lo que necesitaba.

—No llegaste a hablarme de Monteverde —dijo Cristiano unos minutos mas tarde. Parecía relajado e incluso interesado. Sin embargo, había en él una faceta nueva que no había existido antes. Como si se hubiera decidido sobre algo.

—No hay mucho que decir. Parece que es prácticamente igual que Monterosso.

—Sí, pero Monterosso no está al borde de la bancarrota.

Antonella trató de disimular.

–No sé dónde oyes esas cosas, pero ahora que Dante es rey estamos saliendo hacia delante.

–¿Apoyaste tú el hecho de que Dante derrocara a tu padre?

–Sí. Mi padre está... desequilibrado.

–Eso ya lo había oído, pero, ¿y si fuera simplemente una excusa para que tu hermano se hiciera con el trono?

–No fue así. Yo estaba presente y sé lo que ocurrió.

–Interesante.

La ira comenzó a despertarse en ella al escuchar el tono de la voz de Cristiano.

–¿Interesante? No tienes ni idea, Cristiano. No te pongas a juzgarnos a mí o a mi hermano por cosas que desconoces.

–Entonces, cuéntamelas.

–¿Y por qué iba a querer hacerlo? –replicó ella. De repente, ya no tenía más hambre–. Es asunto mío, no tuyo.

–Podría ser asunto mío también.

–¿Cómo es posible? Tú no eres ciudadano de Monteverde y no significas nada para mí, igual que yo no significo nada para ti.

–Me siento herido... Después de todo lo que hemos sido el uno para el otro.

Antonella dejó su vaso vacío y miró a Cristiano.

–No quiero jugar. Estoy cansada, dolorida y sólo quiero irme a mi casa.

–Pero viniste aquí con un propósito. Un propósito que no conseguiste. Estoy seguro de que no te vas a rendir tan fácilmente.

Cristiano se inclinó sobre ella y le sirvió más vino en el vaso. Ella lo tomó, sabiendo sólo a medias lo que estaba haciendo. Dio un trago.

–Estoy segura de que estás equivocado. Sí. Queríamos que Aceros Vega invirtiera en Monteverde. Tenemos gran cantidad de mena y parecía lo más natural. Habría sido una buena asociación, pero habrá otras.

—No lo creo. En mi opinión, ésa ha sido la última oportunidad de Monteverde.

—¿La última oportunidad? Estás muy equivocado, *Su Alteza*. Eso sería lo que les gustaría a los monterossanos.

—Sin embargo, aún puedes salvar a Monteverde, *principessa*.

—Veo que no me estás escuchando. Monteverde no necesita que lo salve nadie.

—Los dos sabemos que no es así —dijo él mirándola con intensidad—. Y yo te daré la oportunidad de hacerlo.

Antonella lo miró fijamente.

—Si lo que dices fuera cierto, aunque no estoy diciendo que lo sea, ¿cuál es tu propuesta? ¿Le vas a decir a Raúl que has cambiado de opinión y que debería invertir en Monteverde?

—Monterosso comprará tu mena.

—No necesitamos venderos nada, Cristiano —replicó ella, con voz gélida a pesar del calor que reinaba en el vestidor—. Podemos vendérselo a quien queramos.

—El problema es que nadie lo quiere. Aceros Vega va a construir en Monterosso. Nosotros también tenemos depósitos de mena, pero los vuestros son más grandes. Entre nuestras minas y los incentivos que le ofrecí a Raúl en nombre del reino, Aceros Vega puede importar materiales de otros países de Europa o de América del Sur igual de fácilmente. No necesitamos vuestra mena, pero yo te ofrezco comprártela.

—Construirás tanques y armas.

—Aceros Vega construye barcos, Antonella. Barcos, vigas y productos industriales.

—Ellos construirán lo que tú quieras que construyan.

—No funciona así. Raúl tiene unos contratos que cumplir y Monterosso no es una dictadura.

–Tampoco lo es Monteverde.

–Ya sabes que eso no es cierto.

–Mi padre ya no es el rey, Cristiano. Monteverde no es una dictadura.

–Sea como sea, puedes salvar a tu país, Antonella. Sólo tienes que venderme la mena.

Ella sintió que el pulso se le aceleraba.

–La mena no es mía por lo que, aunque quisiera venderla, no podría hacerlo.

–Las vetas son propiedad del Estado. Tu hermano es el rey. Claro que puedes venderlo.

–Estás muy equivocado, Cristiano. Monteverde no necesita venderte su mena.

Él soltó una risotada burlona.

–Deja de decir tonterías, Antonella. Los dos sabemos la verdad. Monteverde se está desmoronando y tiene unos préstamos que están a punto de cumplir y que no puede satisfacer. Sin este contrato, el país caerá en la ruina.

–En ese caso, ¿por qué no esperar simplemente a que eso ocurra? Así Monterosso podrá recoger los trozos y conseguirás por fin tus fines sin esfuerzo.

–Estabilidad. Si Monteverde cae, habrá más problemas en la región de lo que tú te puedes imaginar. Nuestros enemigos destrozarán Monteverde y utilizarán los fragmentos para desestabilizar a las tres naciones. La guerra podría extenderse con el caos que tales acontecimientos podrían provocar. No consentiré que eso ocurra.

–Si la estabilidad es tan importante, ¿por qué no nos prestas el dinero que necesitamos para satisfacer los préstamos?

–¿Qué saca Monterosso de todo esto? Nada excepto dinero que jamás podríamos volver a recuperar. No. La mena, Antonella. Ésa es la única manera.

–Lo que dices es imposible. Dante jamás estará de acuerdo.

–Lo estaría si tú lo convencieras de que es lo mejor.

–Es imposible –repitió ella–. Aunque tuvieras razón, no podemos confiar en ti. Si te vendiéramos la mena, no tendríamos garantía alguna de que no te volverías contra nosotros. Sólo quieres anexionar Monteverde.

Bajo la tenue luz de la vela, Antonella vio que él sonreía. Sintió que el aliento se le helaba en la garganta. ¿Por qué tenía que ser tan guapo y tan peligroso al mismo tiempo?

–Puedes confiar en mí, Antonella. Yo jamás me volvería contra mi propia esposa.

Capítulo 8

ANTONELLA se quedó boquiabierta. Cristiano tuvo que obligarse para no inclinarse hacia delante y cerrársela con un beso.

—¡No puedes estar hablando en serio!

—¿Por qué no? Tiene sentido, ¿no te parece?

—¿Qué es lo que tiene sentido, Cristiano? —replicó ella—. ¿La parte sobre vender la mena o la parte en la que crees que podría acceder a casarme contigo?

—Las dos. Tú nos vendes la mena para garantizar los préstamos y yo accedo a casarme contigo como muestra de buena voluntad. Tu hermano y tú no podréis dudar de mi sinceridad si yo te convierto en una Di Savaré.

—Nuestro pueblo jamás aceptaría algo así. Pensarían que nos hemos vendido a nuestros enemigos.

—¿Que os habéis vendido o que habéis salvado a vuestro país de un destino peor?

—¿Qué puede ser peor que la subordinación a Monterosso?

—Dejar de existir. Convertirse en un pueblo fragmentado al que controlan diferentes facciones. Verse consumido por la guerra civil cuando los habitantes de vuestro pueblo se vuelvan unos contra otros. Entonces, ninguna nación se arriesgará a ayudaros.

—Tienes la intención de obtener el control. No estoy segura de cómo, pero ésa es tu intención.

—Te aseguro que yo no saco nada de todo esto.

Se podrían salvar muchas vidas. Tendría que centrarse

en eso. Cuando pagara a los acreedores de Monteverde, se establecería frente al mundo quién tenía el control financiero. Cristiano se aseguraría de que Monteverde entregara sus armas como parte del acuerdo. Sin la mena y sin los medios independientes para pagar los préstamos, Monteverde no volvería a ser una nación soberana.

Antonella levantó la barbilla con gesto desafiante.

—Aún tenemos opciones, Cristiano.

—El tiempo se está acabando, *principessa*. Los préstamos deben satisfacerse dentro de una semana. Vega era tu última esperanza y ya no está. Si estás pensando en pedirle ayuda a Montebianco, deberías darte cuenta de que no hay nada que puedan hacer. Han accedido a vender sus instalaciones a Aceros Vega, para actuar como compañía subsidiaria. Según tengo entendido, los incentivos para hacerlo fueron muy sustanciosos.

—Es decir, también has comprado a Montebianco. Me lo tendría que haber imaginado.

—Tal vez. El hecho de que Monteverde regrese al sistema de libre mercado nos beneficia a ambas naciones. No habrá más secuestros de los miembros de la familia real ni intentos de chantaje.

Los ojos de Antonella se llenaron de lágrimas.

—Chantaje... ¿Y cómo llamas tú a esto?

—Haré lo que sea necesario para terminar esta locura. Monteverde no puede continuar del mismo modo. Ya va siendo hora de que cambie.

—¿Por qué te molestas siquiera en conocer mi opinión o mi cooperación? Ve a hablar con Dante y oblígale a acceder a tu plan. A ver si lo convences.

Cristiano contuvo un gruñido.

—Accederás a esto, Antonella, o, cuando llegue el momento de pagar los préstamos, me aseguraré de que Monteverde sea destruido para siempre.

—Creía que deseabas estabilidad —dijo ella con voz

furiosa–. ¿Acaso lo único que deseas es venganza? Decídete, Cristiano.

–Prefiero la estabilidad, pero si no cooperas haré lo que sea necesario –afirmó, con un tono de voz más frío y más brutal que el invierno ártico. No le gustaba ser tan cruel, pero la paz duradera era más importante que los sentimientos de Antonella. Más importante que los suyos propios.

Antonella le dedicó una mirada tan llena de odio que él la sintió por todo el cuerpo. Lo más extraño de todo aquello era que la admiración que sentía hacia ella se incrementó, al igual que su deseo.

–Hablaré con Dante, pero no puedo garantizar que acceda a tu plan. Podría ser que prefiriera desaparecer a tener que realizar un trato con Monterosso.

–Me alegro de que lo veas a mi modo –dijo él, con satisfacción

–No es así, pero no me has dado elección. ¿Por qué no nos ahorraste muchos problemas a todos y no me dijiste simplemente hace muchas horas lo que querías?

–¿Habría supuesto alguna diferencia? Tal vez habrías salido huyendo a pesar de la tormenta. Los dos los sabemos y ya conocemos las posibles consecuencias. No. Te necesito viva, Antonella, no huyendo como una niña mimada.

La barbilla de Antonella temblaba, pero ella no soltó ni una lágrima. Sorprendente.

–No todos los niños mimados salen huyendo. ¿Lo has pensado en alguna ocasión? En ocasiones, salen huyendo para mantenerse a salvo, aunque, por supuesto, tú no sabes nada de eso.

–Lo sé muy bien, *principessa*. He estado en un búnker en la frontera mientras Monteverde nos lanzaba bombas. También he rescatado a muchos soldados de vuestras cámaras de tortura.

–Calla. Te decidiste hacer esas cosas. Un niño no puede elegir a sus padres.

Cristiano parpadeó. ¿De qué diablos estaba hablando?

Antonella comenzó a golpear la almohada y, entonces, se puso de costado para acurrucarse contra la pared. Cristiano quería preguntarle a qué se refería, pero no lo hizo. Ya había conseguido lo que quería. Ya estaba más cerca de la victoria. Muy pronto, Monteverde pertenecería a los Di Savaré. Llevaba cuatro años deseándolo.

Entonces, ¿por qué no se sentía triunfante? ¿Por qué estaba mucho más interesado en el último comentario que ella había realizado?

El grito que la despertó fue largo y agónico. Tan angustioso que le dejó la garganta dolorida. Se sentó de un salto, pero no pudo ver nada en la negra oscuridad que la rodeaba. Hacía mucho calor y jamás había experimentado una noche más oscura que aquélla.

El pánico se apoderó de ella, agarrándola por la garganta. Otro grito rasgó la oscuridad.

–¡Antonella!

Unas fuertes manos la agarraron y la estrecharon contra un enorme y cálido cuerpo. Ella se resistió, gritando y pataleando hasta que algo pesado le cayó sobre las piernas y la dejó completamente inmóvil.

–Antonella... ¡Despierta! Estás a salvo aquí... estás a salvo...

Sin que pudiera evitarlo, ella se echó a llorar. No dejaba de temblar al recordar. Había estado soñando.

–Estás a salvo... –susurró él, acariciándole delicadamente el brazo.

Antonella sintió fuego sobre la piel, pero no podía prestar atención a aquellas sensaciones en aquellos momentos después de la pesadilla que acababa de tener. Su padre, la chinchilla muerta, Bruno ocupando su lugar, ella suplicando por la vida de su perro, su propio rostro magullado y sangriento...

—No importa, Cristiano. Puedes soltarme. Estoy bien.

No lo estaba, pero no podía consentir que él siguiera tocándola. Tal vez quería tranquilizarla, pero ella no le importaba en absoluto. Para él, sólo era un peón. Nada más. La necesitaba viva y en buen estado, pero no le importaba si era feliz o no. No le importaba nada más que su venganza.

¿De verdad había accedido ella a casarse con él?

En realidad, no había dicho las palabras, pero quedaba implícito en el trato. Cristiano tenía la intención de casarse con ella para sellar el acuerdo, pero Antonella no se hacía ilusión alguna sobre cómo sería una unión entre ellos. No había amor ni esperanza, sólo sospechas y odio. En cierto modo, era un destino peor de lo que lo habría sido un matrimonio con Raúl.

—Encenderé otra vela —dijo Cristiano.

Ella aprovechó la oportunidad para separarse de él.

—No tienes que hacerlo. Estoy bien.

Él la encendió a pesar de todo. El rostro de Cristiano fue lo primero que ella vio. La luz iluminó sus ojos, unos ojos que la miraban fijamente.

—¿En qué estabas soñando? —preguntó él.

—Nada que desee compartir contigo.

—A veces ayuda. Lo sé por experiencia.

—Deja de fingir que te preocupas por mí, Cristiano —dijo ella cerrando los ojos—. Sé que no es así por lo que no voy a compartir las cosas que me aterran contigo. Sólo conseguiría que todo fuera más difícil.

—¿Cómo sabes que no te va a ayudar hablar del tema hasta que lo intentes?

—Si tan convencido estás, háblame tú de tu vida —le espetó—. Dime qué ocurrió cuando tu esposa murió.

Antonella vio la expresión vacía que se dibujó en el rostro de Cristiano. La tensión en el vestidor era grande dado que él no se dignaba en responder. De repente, se encogió de hombros y la tensión se disipó en un instante.

—No era yo mismo. No lo fui durante mucho tiempo. Hacía cosas. Decía cosas. Hacía daño a la gente, Antonella. Les hacía daño porque no les dejaba ayudarme.

—Debiste amarla mucho... —dijo sin pensar. De repente, sintió que había cruzado una barrera que no debería haber sobrepasado—. Lo siento. No tienes por qué responder eso. Olvídate de lo que he dicho.

—No, está bien...

Sin embargo, no dijo nada más. Antonella se aclaró la garganta.

—¿Cuánto tiempo estuvisteis juntos antes de que...?

—Fue una relación muy rápida —dijo él, encogiéndose de hombros una vez más—. Estuvimos juntos seis meses antes de casarnos. Mi padre no estaba muy contento, ya te lo puedes imaginar. Ella murió un mes más tarde —añadió, con un suspiro—. No quedó nada de lo que había sido una mujer hermosa y vibrante. Sólo pudimos identificarla con el ADN. Enterré un ataúd prácticamente vacío.

Antonella bajó la cabeza. Aquel relato la había entristecido profundamente y tenía una fuerte sensación de culpabilidad, aunque sabía que no estaba justificada. Ella era ciudadana de Monteverde, pero no había fabricado la bomba. Tampoco creía que aquél fuera el modo de resolver los conflictos entre naciones.

Violencia brutal y sin sentido. ¿Sería él capaz de terminar con la violencia? ¿Por eso quería casarse con ella, porque de verdad creía que una unión entre ambos podría suponer un ejemplo a seguir entre sus dos países?

De repente, se le ocurrió un nuevo pensamiento.

¿Por qué Dante no había hecho nada para terminar con las hostilidades? Jamás lo había considerado antes. Simplemente había confiado implícitamente en su hermano y había estado totalmente segura de que todo lo que él hacía era buscando los mejores intereses para Monteverde. Aún pensaba que era así y, sin embargo...

¿Por qué no había hecho nada aparte de acceder a un alto al fuego mucho antes? Si lo hubiera hecho, tal vez Cristiano no estaría haciendo aquello y ella no estaría allí, refugiándose de la tormenta con su enemigo.

—Mi madre murió cuando yo tenía cuatro años —dijo ella—. Sé que no es lo mismo, pero su muerte dejó un vacío que yo nunca he podido llenar. Aunque no sea la misma experiencia, sé lo que sientes, Cristiano.

—¿Sigues teniendo sueños después de tantos años o es algo completamente diferente lo que turba tus sueños?

Antonella no supo qué hacer. ¿De verdad la ayudaría a superarlo todo si le contaba la verdad? ¿La comprendería mejor?

Respiró profundamente. Él acababa de compartir algo muy personal y doloroso con ella. Debía darle algo a cambio.

—Mi padre se hizo muy violento después de la muerte de mi madre. Se convirtió en un desconocido para Dante y para mí. Hacíamos lo que podíamos por evitarlo, pero no siempre era suficiente.

—Fue él quien te pegó —afirmó él. Antonella simplemente asintió.

—Estaba enfermo. Yo lo sabía. Debería haber sido una hija mejor y...

—Eso es ridículo —dijo él, interrumpiéndola—. Los niños no tienen la culpa de los maltratos. Nunca.

—No, pero yo sabía que no debería hacer cosas que lo enojaran y, a veces, las hacía de todos modos.

–Eras una niña. Tú no eras responsable de lo que ocurrió. La culpa es de tu padre, no tuya.

Antonella lo creía, pero siempre le quedaba una pequeña duda. Si se hubiera esforzado un poco más...

No. Tenía que dejar de pensar así. Dante siempre le había dicho que estaba equivocada, lo mismo que Cristiano. ¿Por qué no aceptaba que algunas cosas quedaban fuera de su control? ¿Que no habría podido cambiar el resultado aunque se hubiera comportado de otro modo?

–¿Qué hora es? –preguntó. Se sentía demasiado agotada emocionalmente como para proseguir con aquella conversación. Además, estaba cansada. Muy cansada.

–Las tres de la mañana.

No era de extrañar que estuviera tan cansada. Él también se pasó una mano por el cabello y bostezó. Entonces, se puso de pie.

–Tengo que llevar la radio a otra habitación para ver si puedo escuchar la información meteorológica. Aquí dentro la señal será demasiado débil.

–Me voy contigo –dijo ella. No quería quedarse sola.

Cristiano le dedicó una sonrisa que resultó casi tierna.

–Regresaré, Antonella. No tienes que venir conmigo.

–¿Y cómo lo sabes? ¿Y si se cae otro árbol o si se abre el tejado y te ves arrastrado por el viento?

–¿Y crees que tú podrás impedirlo o acaso deseas que el viento te lleve conmigo.

Antonella se cruzó de brazos.

–No seas tonto. No me gustas tanto.

Las carcajadas de Cristiano la sorprendieron.

–¿Qué ocurre? –le preguntó. Quería saber qué era tan divertido.

–Acabas de admitir que te gusto.

–¡Eso no es cierto!

Cristiano le tomó la mano y se la llevó a los labios.

Entonces, le dio un beso. Una oleada de sensaciones se le extendió por todo el cuerpo, haciéndole desear mucho más.

–Te gusto. No lo puedes evitar –dijo él–. Ahora, vamos a ver si nos lleva el viento o si nos podemos enterar de qué ocurre con la tormenta –añadió. Le entregó a Antonella la vela–. Trata de que no se apague. Seguramente el viento será muy fuerte ahora por toda la casa.

Antonella lo siguió, protegiendo la luz con una mano, pero, mientras se concentraba en la tarea, su cabeza no dejaba de pensar. La verdad era mucho más sorprendente de lo que nunca hubiera creído posible.

Efectivamente, Cristiano le gustaba. A pesar de todo. Sin embargo, lo más aterrador de todo era que, a excepción de su hermano, Cristiano di Savaré le gustaba más que ningún hombre que hubiera conocido.

Capítulo 9

EL PARTE meteorológico no era bueno. La tormenta se había fortalecido y no se esperaba que el ojo pasara hasta transcurridas unas horas. El viento y la lluvia eran torrenciales. Antonella no necesitaba verlo. El sonido era aterrador. Aunque la puerta de la habitación principal no había cedido, en parte porque habían puesto una cómoda apoyada contra ella, se sentía el airado poder de la Naturaleza al otro lado.

Por primera vez, empezó a pensar que no saldrían de allí y se echó a temblar a pesar del calor reinante en el vestidor. Frente a ella, Cristiano parecía dormitar a la luz de la vela, que él había decidido dejar encendida. Antonella sabía que lo había hecho por ella, para que no tuviera miedo u otra pesadilla.

Antonella no le podía decir que simplemente el hecho de quedarse dormida podía provocarle otra pesadilla. Cuando su padre entró en prisión, que era donde debía estar, había empezado a dormir mejor y había tenido menos malos sueños. Se había convertido en una mujer más segura aunque también sabía que sólo era una fachada. En lo más profundo de su ser, sabía que seguía siendo la niña pequeña que trataba de ocultarse a la ira de su padre.

Cristiano abrió los ojos.

—No estás durmiendo.

—No...

–Veo que no dejas de pensar, Antonella. ¿En qué estás pensando?

–En nada importante. En realidad, paso mucho tiempo pensando. No soy tan necia como tú podrías esperar.

–Yo jamás he dicho que tú fueras necia, *principessa*. ¿Qué te ha hecho pensar algo así?

–Olvídalo –comentó ella– Simplemente estoy muy cansada, pero no puedo dormir.

–¿Te has tumbado?

–No.

–Tal vez deberías intentarlo.

–No importa. No va a funcionar –susurró ella. Comenzó a morderse el labio inferior, un gesto que no pasó desapercibido para Cristiano. Una intensa sensación le ocupó la parte baja del vientre–. No me mires de este modo.

–¿De qué modo?

Cristiano resultaba tan increíblemente masculino, tan sexual... Despertaba los sentidos de Antonella simplemente estando en la misma estancia.

–Como si quisieras besarme.

Él rió suavemente, lo que le provocó a Antonella un escalofrío por la espalda.

–Te aseguro que deseo mucho más que besarte, Antonella. Mucho más.

–No quiero saber más. Por favor, no me lo digas –dijo ella levantando la mano.

–A mí me parece la oportunidad perfecta para pasar el tiempo. ¿Acaso no es necesario que sepamos si encajamos?

–¿Si encajamos?

–Sexualmente.

–Vaya, no sabía que tenía que aprobar un examen. ¿Es ésa la frase que utilizas para llevarte a las mujeres a la cama? ¿Les pides que pasen una prueba?

Cristiano sonrió, desarmando enseguida la indignación que Antonella sentía.

—Normalmente no tengo que pedir nada. Y no se trata de una prueba, sino simplemente de un experimento para ver si queremos más.

—Más...

—Del otro.

Antonella contuvo la respiración. Claro que sí. Ella se veía deseando mucho más. No saciándose nunca, más bien.

—Eso es ridículo.

—¿Tú crees? ¿No te has acostado nunca con un hombre que no te aportaba nada? ¿Qué no sabía por dónde se andaba, por así decirlo?

—No —susurró ella.

—¿No? ¿De verdad? Pues no sabes la suerte que tienes, *cara*.

—No sé qué otra cosa esperabas que yo dijera.

No pensaba decirle que no se había acostado con nadie en toda su vida.

De repente, se escuchó un ruido en el dormitorio. Antonella se sobresaltó. Un segundo más tarde, una ráfaga de viento pasó por debajo de la puerta del vestidor y estuvo a punto de apagar la vela. Cristiano agarró una manta y la colocó en la parte inferior de la puerta.

—La puerta del dormitorio se ha abierto, ¿verdad?

—Sí. Eso creo.

—¿Crees que saldremos de aquí con vida, Cristiano?

Él la miró. Parecía preocupado, pero la respuesta que le dio no fue la que ella había esperado.

—Creo que sí.

Antonella había pensado que le iba a decir que se tenía que preparar para lo peor. Respetó que no fuera así, pero seguía pensando que la situación era más crítica de lo que él parecía querer hacerle creer. La tormenta se iba haciendo cada vez más fuerte. Su fuerza era abrumadora. Las esperanzas que ella tenía eran mínimas.

–Ojalá hubiera podido hablar con Dante –dijo ella. Pobre Dante. Tendría que enfrentarse a la crisis en solitario.

Cristiano la tomó entre sus brazos y la estrechó con fuerza contra su cuerpo. Ella no se resistió. En aquel momento, resultaba muy agradable tener compañía. Sentir que le importaba a alguien. Sabía que no era el caso con él, pero, al menos, Cristiano se lo había hecho creer por un momento.

–Conseguiremos salir de aquí, Antonella –le susurró al oído. Sus labios acariciaron el cabello de Antonella y el cuerpo de ella pareció arder en llamas.

–No puedes estar tan seguro –afirmó ella–, pero no me desmoronaré, Cristiano. Sé cómo ser fuerte frente al peligro. Puedes contar con ello.

–*Dio santo...* Siento haber pensado alguna vez que tú eras superficial.

Antonella echó la cabeza hacia atrás para mirarlo. A pesar de todo lo que había ocurrido entre ellos, a pesar de la ira y el dolor de estar en bandos opuestos de una sangrienta guerra y de la perspectiva de morir allí juntos aquella misma noche, ella le sonrió. Cristiano era también muy diferente a lo que ella había pensado. Mejor. Si ellos dos eran capaces de alcanzar aquella clase de entendimiento, ¿sería posible que sus pueblos también lo hicieran?

–Nadie es verdaderamente superficial, Cristiano. Creo que todo el mundo tiene un fondo, una historia. Sólo hay que mirar bien.

–¿Y cuál es la tuya, Antonella?

–Ya te he contado más de lo que les he contado a muchas personas.

–Eso creo, pero estoy seguro de que hay mucho más.

Ella bajó los ojos. Le asustaba la intensidad de los de Cristiano. Sabía que la deseaba y ella lo deseaba también a él, pero, ¿cómo era posible que así fuera cuando quería robarle su país?

Era una mujer débil. Demasiado débil.

—Una mujer tiene que tener algunos secretos.

Cristiano bajó el rostro hasta que sus labios tocaron los de ella. Suavemente. No había presión, ni urgencia. Se trataba tan sólo de un dulce beso que le atravesó el corazón a Antonella y lo dejó abierto para él. Una vez más. Fue consciente de que nunca antes se había sentido así con ningún otro hombre. Jamás había deseado a nadie del modo en el que lo deseaba a él. Nunca antes había querido desnudarse para sentir su piel desnuda contra la de él. Nunca antes había querido abrirse a él y sentir la abrumadora belleza de su posesión.

Deseaba aquello y mucho más con Cristiano. ¿Qué importaba ya? Seguramente no saldrían con vida de aquella tormenta. Simplemente, él no quería decirle la verdad. Aquélla era su última oportunidad de experimentar el amor físico entre un hombre y una mujer. Dadas las circunstancias, no podía estar mal. Abrió la boca y tocó el labio inferior de Cristiano muy delicadamente con la lengua.

Cristiano respondió con un gruñido. Entonces, volvió a besarla, más urgentemente en aquella ocasión. La lengua reclamó su acceso y ella, de buen grado, se lo concedió.

Antonella experimentó muchas sensaciones. Deseo, por supuesto. Miedo. Arrepentimiento. Anticipación.

Le enredó las manos en el cabello y lo sujetó con fuerza. El beso de Cristiano subió un grado más en intensidad, profundizándose, devorándola.

Ella lo recibió con la misma intensidad, deslizándose encima de él hasta que estuvo prácticamente sentada encima de su regazo. El beso fue haciéndoles perder el control, pero no le importó. Sólo quería experimentar más aún aquel sentimiento embriagador, aquel fuego que ardía bajo la piel y le hacía pensar en cosas que jamás había imaginado.

Cuerpos desnudos entrelazados. Sudor. Placer. Éxtasis.

Sin embargo, cuando él la colocó sobre la moqueta, el pánico se apoderó de ella. Una parte de su ser quería apartarlo de su lado y echar a correr tan rápidamente como pudiera. Trató de contemplar los acontecimientos desapasionadamente y desconectar... Sin embargo, encontró que no pudo hacerlo. Su habitual refugio le negaba la entrada. La ansiedad se acrecentó.

Cristiano debió sentir parte de su lucha interior porque dejó de besarla y levantó la cabeza para mirarla.

—¿Qué ocurre, Antonella?

Su voz sonaba tan tierna, tan preocupada... El corazón de Antonella parecía querer superar todos los obstáculos que ella le ponía. Quería ser libre y, sin embargo, ella sabía que eso no sería posible. Nunca sería libre para amar o ser amada. Si, por un milagro, sobrevivieran al huracán, ella nunca sería libre.

De repente, le resultó muy importante que él comprendiera que era virgen, que nunca antes había estado de aquel modo con un hombre. Si seguían adelante, si aquélla era su primera y última vez, quería saber que el hombre al que se entregaba creía en ella.

—Yo... yo no sé qué hacer.

Cristiano frunció el ceño.

—¿No sabes si hacer el amor conmigo o no? Sería maravilloso, Antonella. Déjate llevar... sentir lo que nos provocamos el uno en el otro.

Ella cerró los ojos y negó con la cabeza.

—No se trata de eso.

Cristiano extendió los dedos sobre su vientre y luego deslizó la mano para cubrirle un seno.

–Entonces, ¿de qué se trata, *bellisima?*

Ella contuvo el aliento al sentir que él comenzaba a acariciarle un pezón a través de la ropa.

–Yo no he hecho esto nunca antes –confesó.

Cristiano se quedó complemente inmóvil.

–¿Que no has hecho nunca qué?

Antonella sintió miedo al notar la dureza de su voz. Comprendió que él nunca la creería. Le apartó la mano y trató de zafarse del peso de él.

–Olvídalo, Cristiano. Ha sido una mala idea. Ahora quiero dormir.

–Yo no quiero olvidarme de nada, Antonella –afirmó él negándose a soltarla–. Explícame por qué haces esto. Por qué primero estás caliente y, un segundo después, fría. ¿Estás tratando de castigarme por desearte? ¿Te gustan esta clase de juegos? A mí me cansan.

Antonella se quedó completamente inmóvil debajo de él. Los ojos se le llenaron con lágrimas airadas al mirar el hermoso rostro de Cristiano.

–Sigo siendo virgen –confesó–. Sé que no me crees, así que te ruego que me sueltes.

–¿Virgen? No es posible.

–¿Y por qué no, Cristiano? ¿Porque has oído cosas sobre mí? Ya sabes lo que dicen de los rumores, ¿verdad?

Cristiano observó la delicada mancha rosada que cubría sus rasgos. ¿Estaría diciéndole la verdad o acaso era una manipuladora tan experta que podía tartamudear y sonrojarse cuando quisiera?

Dio santo.

Pensó en el modo en el que ella había reaccionado

cuando se quedó desnudo. Había parecido estar muy incómoda. El modo en el que se había asustado anteriormente, cuando él la besó. No se había visto presa del pánico hasta que él había hecho ademán de levantarle el vestido.

En aquel momento, al ver sus expresivos ojos, al ver el dolor, la ira y la incertidumbre que se reflejaba en ellos, quiso darse de patadas. Habían compartido mucho aquella noche como para volver a creer en lo de antes. Ya no podía seguir pensando que Antonella era una mujer superficial, avariciosa, tal y como había pensado el día anterior.

Era inocente. A pesar de todo, era inocente.

Tenía todos los motivos del mundo para tenerle miedo. Había tratado de decirle que no sabía lo que se suponía que había que hacer, no que no estuviera segura de su decisión.

El hecho de que lo hubiera elegido a él entre todos los hombres que sin duda habían tratado de seducirla lo abrumaba. Lo convertía en un ser más humilde. No se merecía su confianza.

—Antonella, lo siento...

Ella abrió los ojos brevemente. De repente, la princesa de hielo volvió a hacer acto de presencia. Se le daba tan bien esconder sus sentimientos. Sin duda, había aprendido a hacerlo tras los años de abusos a los que la había sometido su padre como manera de salir adelante.

—No es nada. Ya se me ha olvidado. Siento haberte molestado.

—¿Molestarme? —repitió él con una carcajada.

A pesar de lo mucho que lo deseaba, decidió que no podía hacerlo. No podía aceptar el regalo de la inocencia de Antonella cuando, en realidad, no tenía intención alguna de casarse con ella. Cuando todo lo que hacía tenía como único propósito hacerse con el control de su país para plegarlo a su voluntad.

Ella se merecía algo mejor. Entrelazó los dedos con los de ella y le dio un beso en la mano. Cerró los ojos al notar el suave aroma de la piel de Antonella y decidió que, después de aquello, deberían santificarlo.

—No puedo hacerte el amor, Antonella.

El corazón de Antonella latía tan fuerte que ella pensó que lo había escuchado mal, pero no había sido así. El rostro de Cristiano lo decía todo. Se había negado a hacerle el amor.

Otro hombre que la rechazaba, que había visto que era un alma dañada y se negaba a tener que ver más con ella. Sí. Él era el primer hombre con el que ella había querido hacer el amor, pero no era diferente ni de su primer ni de su segundo prometido.

Los hombres no la querían. Ansiaban lo que ella representaba, su belleza y su elegancia, pero no la querían a ella.

Cerró los ojos, giró la cabeza y pegó la mejilla al suelo.

—Antonella... Te mereces algo mejor tu primera vez. Mejor que un suelo, mejor que un revolcón apresurado y provocado por la desesperación y por la creencia de que nuestras almas están en peligro mortal. Te mereces seda y rosas, un hombre que sienta algo por ti...

Antonella lo atravesó con la mirada.

—Me estás obligando a casarme contigo. Si no eres tú, ¿quién? ¿Quién me hará el amor la primera vez? ¿Me permitirás que lo elija yo y luego te casarás conmigo sin importarte? Creo que no.

—No —dijo él. Tenía un aspecto fiero, posesivo—. Por supuesto que yo seré el primero, pero no será ni aquí ni ahora.

–¿De verdad me crees?

–Te creo.

A pesar del dolor y la confusión que sentía, una gran satisfacción se apoderó de ella. Cristiano la creía.

–Gracias.

Él le acarició el labio inferior con el dedo. Suave. Sensual. El cuerpo de Antonella ardió en llamas.

–Esperaremos. Haremos esto cuando llegue el momento –dijo. Parecía turbado, como si supiera que no habría otro momento. Como si supiera que iban a morir.

Antonella se negaba a aceptar aquella decisión. La creía en lo de que quería que su primera vez fuera especial. Con eso bastaba. Le agarró la muñeca y le mordió el dedo. Entonces, se lo lamió. Jamás se había imaginado que sería capaz de realizar un gesto tan descarado.

El deseo prendió en los ojos de Cristiano.

–Antonella...

–Quiero hacer esto. Te deseo.

–Estás tomando una decisión que seguramente no tomarías si no fuera por la tormenta.

–Lo sé, pero no quiero morir esta noche sin haber experimentado esto.

–No vamos a morir, Antonella.

–Eso no lo sabes.

–Claro que lo sé. Te lo prometo.

Como si el huracán quisiera desafiar sus palabras, se escuchó un rugido al otro lado de la puerta. Algo explotó con un fuerte ruido. La lluvia comenzó a caer con fuerza, golpeando las tejas con un ritmo ensordecedor.

–Por favor, Cristiano. Si llegamos a mañana, ya nos enfrentaremos a esto.

–Antonella... Mañana te arrepentirás y me odiarás por ello.

–Te olvidas que ya te odio –susurró ella.

–Sí, es cierto. ¿Cómo se me podía haber olvidado?

Antonella levantó una mano y le enredó los dedos en el cabello. Los ojos de Cristiano brillaban de pasión y de necesidad. Dios. Ella adoraba el tacto de su cabello. Suave. Sedoso. Negro como una noche sin estrellas.

–Bésame, Cristiano. Finge que estamos tumbados sobre sábanas de seda. Finge que sientes algo por mí...

Capítulo 10

ANTONELLA no creía que él fuera a hacerlo. Parecía dudoso, incluso algo asombrado a principio. Entonces, bajó la cabeza y rozó sus labios contra los de ella. Una caricia ligera como una pluma, igual de sensual. Ella quería gemir, agarrarse a él y obligarlo a que la besara del modo en el que lo había hecho antes.

Sin embargo, no lo hizo. Esperó. Dejó que él explorara, que hiciera lo que quisiera.

—Que Dios me ayude —dijo él—. No puedo rechazarte, debería, pero no puedo.

—Yo no quiero que lo hagas.

—Si tienes miedo o cambias de opinión, dímelo. No tengas miedo de que me enoje. Esto es para ti, Antonella. Debería ser todo lo que deseas. Si no es así me detendré.

El corazón de Antonella se llenó de una calidez que no había experimentado antes. Ocurriera lo que ocurriera, era el momento adecuado con el hombre perfecto.

—Gracias, Cristiano. Gracias por comprender.

Como respuesta, él volvió a besarla, en aquella ocasión más profunda y poderosamente. Los nervios de ella estallaron bajo aquel sensual asalto. Su cuerpo se acaloró y se humedeció. Sintió un ligero dolor entre las piernas, señal de anticipación y de miedo hacia lo que le esperaba.

Cristiano le deslizó una mano por el muslo y la metió por debajo del vestido. La palma acarició el muslo, subiendo cada vez más el vestido.

–Espera...

Cuando él se retiró y la miró, no había enojo en su rostro. El alivio que Antonella sintió resultó casi tangible.

–¿No deberíamos haber apagado la vela?

–¿Y por qué íbamos a querer hacer eso, *cara mia*? Deseo verte...

–Yo... bueno...

–Shh –susurró él–. Eres muy hermosa, Antonella. Créeme. Eres muy hermosa. Mi cuerpo te desea con sólo mirarte –añadió. Entonces, se incorporó. Antonella temió que se hubiera arrepentido de lo que iban a hacer o que ella le hubiera quitado las ganas con sus tonterías–. Me desnudaré para ti, ¿quieres? Si yo estoy desnudo, tal vez no tendrás objeciones a hacer lo mismo.

El pulso de Antonella se aceleró. Vio que Cristiano sonreía y que se sacaba la camiseta por la cabeza. La blanca venda contrastaba con su bronceada piel. Se quedó atónita al darse cuenta de que quería aplicar la boca justo allí, justo en los músculos que quedaban debajo de la venda. Quería lamerle como si fuera un helado.

–Me gusta el modo en el que me miras, *cara* –ronroneó. Entonces, se quitó los pantalones junto con los calzoncillos. Al mirar por segunda vez el sexo de un hombre, Antonella no pudo dejar de preguntarse si verdaderamente estaba preparada para aquello–. No tengas miedo –añadió, tumbándose de nuevo a su lado. Se estiró y se apoyó sobre un codo. Entonces, tomó una mano de ella y se la llevó suavemente al torso–. Tócame, explórame si lo deseas. O, si eres demasiado tímida, yo te exploraré a ti.

Antonella era tímida, pero quería tocarlo. Los dedos le temblaban mientras los deslizaba por los duros múscu-los del abdomen. Cristiano contuvo el aliento cuando ella bajó un poco más y, muy cuidadosamente, le tocó el miembro erecto.

–*Dio*...

–¿Te duele?

–Sí.

–Lo siento –dijo ella apartando la mano inmediata-mente de la cálida y aterciopelada masculinidad.

–Puedes volver a tocarme, *cara*. Créeme si te digo que me duele del mejor modo posible.

Antonella volvió a intentarlo. Se hizo más osada cuando él cerró los ojos y no miró. Tenía la piel muy sua-ve, muy cálida, pero aquella parte de su ser era muy rí-gida. Ella se la rodeó con los dedos. No estaba segura de cómo había esperado que fuera su tacto. Cuando Cristiano contuvo el aliento, le miró el rostro y vio que él no había abierto los ojos y que no parecía estar su-friendo precisamente...

Lo apretó con fuerza y recibió un gruñido de placer como recompensa. Un momento después, él la había vuelto a poner de espaldas para fundir su boca con la de ella y besarla hasta que estuviera a punto de perder el sentido. Entonces, volvió a apartarse de nuevo y co-menzó a levantarle el vestido.

–Tienes que quitarte esto, Antonella.

Ella no protestó. Se sentó y lo ayudó a sacar el ves-tido de punto por la cabeza. El cabello cayó sobre los hombros y ayudó así a tapar el sujetador de encaje que se había puesto aquella mañana. Las braguitas, aunque no eran especialmente sexy, al menos hacían juego con el sujetador en estilo y color.

Cristiano la devoraba con la mirada. Lo más extraño de todo era que ella no sentía vergüenza alguna. El modo en el que él la miraba le hacía sentirse sexy, hermosa. Especial.

¿Habría mirado así a su esposa?

No debía pensar en aquellas cosas. Cristiano había amado a su esposa. Aquello era sólo sexo. Ella lo sabía. Lo había elegido así y podía enfrentarse a ello.

Cristiano le apartó suavemente el cabello y dejó al descubierto sus senos. Cuando ella estuvo a punto de volver a tapárselos, él sonrió.

–Eres todo lo que un hombre puede desear, *cara*. No lo dudes nunca.

Ella sintió ganas de llorar por la ternura de aquel comentario, pero Cristiano no le dio oportunidad de hacerlo. Volvió a tumbarla sobre la moqueta una vez más.

–Ahora, deseo mostrarte lo hermoso que puede ser esto –dijo, depositando delicados besos sobre el hombro, sobre el cuello, hasta que volvió a capturar sus labios una vez más.

El cuerpo de Antonella estaba caliente y frío a la vez. Los nervios parecían estar a punto de rompérsele con cada caricia de la lengua de Cristiano contra la de ella. De repente, él rompió el beso y comenzó a deslizar su hermosa boca por el cuerpo de Antonella. Cuando apartó las copas de encaje del sujetador para dejar al descubierto los senos, ella contuvo el aliento.

–Precioso –murmuró él antes de tomar el pezón entre sus labios.

Antonella arqueó la espalda y dejó escapar un gemido de increíble placer. Jamás hubiera podido imaginar que las sensaciones pudieran ser tan agradables. Antes de que se diera cuenta de lo que él estaba haciendo, Cristiano le desabrochó el sujetador y lo apartó.

Pareció pasarse una eternidad acariciándole los pechos, besándole cada uno de ellos, tomando el pezón entre los labios. Una y otra vez hasta que pensó que iba a explotar de tan exquisito placer.

–Cristiano...

Entonces, él comenzó a besarle suavemente el vientre, deslizándose por su cuerpo hasta...

Una vez más, a Antonella le costó respirar. ¿De verdad iba a hacer lo que estaba imaginando? Ella no era estúpida. Sabía la clase de cosas que las personas hacían durante el acto sexual, pero jamás había pensado que esto podría ocurrirle a ella.

Cristiano deslizó la lengua por las braguitas. Cuando depositó un beso sobre la seda, ella no pudo contener el gemido que se escapó entre sus labios.

–¿Te gusta? –le preguntó él, con voz ronca.

–Me siento muy extraña. Como si me fuera a disolver en un millón de trozos.

–Deja que me ocupe de eso, *cara mia*.

Cuando él le bajó las braguitas, Antonella no protestó. Se las sacó y las arrojó a un lado. Entonces, le separó las piernas, se arrodilló entre ellas y...

El primer toque de lengua contra la húmeda carne hizo que Antonella lanzara un grito de placer, pero él no se detuvo allí. Siguió con aquella dulce tortura. Labios y lengua hacían cosas que ella jamás hubiera imaginado. Se dio cuenta de que estaba jadeando. Una sensación se iba formando en su interior, apretándose hasta formar un nudo duro, tenso, que se iba concentrando cada vez más y más hasta que...

Cuando ese nudo explotó, Antonella se quedó muy sorprendida. Atónita. Arqueó la espalda a medida que las oleadas de placer le iban recorriendo los miembros. Cuando todo terminó, se sintió agotada, vacía de toda energía. Se sentía dispuesta a dormir durante un millón de años...

Hasta que Cristiano comenzó una vez más aquella dulce tortura.

Dos veces más susurró ella su nombre. El cuerpo le temblaba de placer, deshaciéndose y volviéndose a formar entre asombrosos clímax.

–¿Aún deseas seguir adelante? –le preguntó él instantes más tarde.

Antonella abrió los ojos para mirarlo. Al ver su hermoso rostro, la expresión de preocupación, creyó sinceramente que si ella le hubiera dicho que no, se habría detenido inmediatamente.

–Muéstrame más, Cristiano...

–Encantado.

Se estiró al lado de ella. Con los dedos, volvió a despertar su pasión. A Antonella ya no le sorprendió lo rápidamente que él podía excitarla. Justo cuando estaba lista para alcanzar su cuarto orgasmo, él se detuvo y sacó un preservativo de un bolsillo de su maleta. Ella trató de no imaginarse por qué llevaba preservativos en su equipaje, pero reconocía que era irresistible para las mujeres, tal y como había escuchado en más de una ocasión. Sin duda, pensaba que lo más sensato era ir siempre preparado. Sin embargo, saber que no era su primera vez y que no era en absoluto especial para él, molestó a Antonella un poco.

Era sólo sexo.

Justo lo que ella quería. No tenía derecho a disgustarse porque, para Cristiano, aquél fuera un encuentro más.

–Antonella –dijo él–. Estás pensando demasiado...

Ella parpadeó. ¿Cómo era posible que siempre se diera cuenta?

–No es nada.

–¿Quieres parar?

–No –replicó ella, sinceramente.

–Esperaba que dijeras eso, pero si cambias de opinión...

–No lo haré.

Rápidamente, la pasión fue acrecentándose entre ellos hasta que lo único que ella deseaba fuera él. El pasado no importaba. El futuro no era una garantía. En aquellos momentos, eso era lo único que tenían.

–Cristiano, por favor...

El cuerpo de Antonella ardía de deseo. Colocó una mano entre ellos para agarrar la parte cálida y firme del cuerpo de Cristiano que más deseaba.

–*Cara*... Harás que termine antes de que empecemos.

–En ese caso, tenemos que empezar.

Cristiano se colocó el preservativo con un rápido movimiento. Entonces, se colocó entre los muslos de Antonella. El peso de él, la cálida presión de su piel contra la de ella, la punta de su masculinidad deslizándose en la cálida humedad de Antonella... Había tanto a lo que prestar atención, pero ella no quería perderse nada. Trataba de no perder detalle, de sentir todo a la vez.

–Esto probablemente te dolerá.

–Lo sé. No importa.

–Mírame.

Así lo hizo. Cristiano le sonrió.

–Gracias por confiar en mí. Espero que no te arrepientas de este momento.

–Bésame..

Así lo hizo Cristiano. Un instante después, se movió hacia ella, deslizándose entre su cuerpo hasta llegar a un punto en el que ella supo que ya no era virgen. El dolor era menor de lo que había esperado, pero lo suficiente como para que lanzara un grito. Inmediatamente, Cristiano se incorporó encima de ella y la miró.

–¿Estás bien?

Antonella movió las caderas, para acostumbrarse al tamaño y al tacto de Cristiano. Las sensaciones se apoderaban de ella con cada pequeño movimiento.

–Yo... Es sorprendente, Cristiano. No tenía ni idea...

–*Dio santo,* es un delito, pero doy las gracias por haber sido el primero.

Se retiró lentamente y luego volvió a hundirse en ella, llenándola más plenamente que la primera vez. Antonella sentía calor por todas partes, acompañado de unas sensaciones que nunca hubiera imaginado que pudieran existir. A pesar de todo, él se mostraba tan cuidadoso ella sentía ganas de gritar. Quería más. Levantó las caderas para recibirlo más plenamente.

Entonces, Cristiano comenzó a moverse más rápidamente. A pesar de todo, ella sabía que estaba teniendo mucho cuidado, por miedo a hacerle daño. Muy pronto, él le colocó un brazo en la espalda y la obligó a levantar un poco más las caderas. Antonella contuvo el aliento. ¿Cómo podía ser mejor aún?

–Sí, Antonella –ronroneó Cristiano–, así... Muévete así. *Dio,* sí...

–Bésame otra vez –le suplicó ella, sorprendida de lo mucho que necesitaba que él lo hiciera y de lo rápido que estaba alcanzando un clímax que sentía que sería más potente que los anteriores.

Los labios de Cristiano se fundieron con los de ella. Las lenguas se enredaron. Cristiano sabía a sudor y a ella. Resultaba tan terrenal, tan masculino que ella se preguntó cómo había podido pensar que la habían besado antes de que él lo hiciera.

El clímax la alcanzó con una fuerza que le arrebató el aliento. Apartó la boca de la de Cristiano, asombrada por la fuerza y la intensidad con la que sintió el orgasmo. Las sensaciones fueron tan fuertes que lo obligaron a gritar el nombre de Cristiano sorprendida y maravillada a la vez.

–Antonella, *mia bellisima principessa*. Nunca dejas de sorprenderme. Eres tan hermosa, tan sensual...

Ella no podía hablar. Le costaba demasiado respirar.

Cristiano movió las caderas. Ella se dio cuenta de que él aún seguía excitado. Aún estaba preparado. No habían terminado aún. Aquel pensamiento la hizo temblar de anticipación.

–Por favor... por favor –susurró, cuando pudo volver a hablar.

–Lo que tú desees, *cara mia* –dijo. Entonces, comenzó a moverse.

No tardaron mucho tiempo en volver a gemir de placer. El clímax de Cristiano se produjo inmediatamente después del de ella.

Oír su nombre en los labios de Cristiano cuando alcanzaba el orgasmo fue el sonido más dulce que Antonella hubiera escuchado nunca.

Ella lo había destruido por completo. Cristiano levantó la cabeza cuando tuvo energía suficiente y la miró. Antonella tenía los ojos cerrados, pero la suave sonrisa que se le había dibujado en los labios le dijo que no estaba sufriendo.

Aún seguía dentro de ella. Más que nada, deseaba repetir lo que acababa de ocurrir, pero no podía. Ella estaría dolorida, aunque no lo sintiera en aquel momento.

Una virgen... Si su cuerpo no supiera la verdad, su mente habría insistido en que no era posible. A pesar de que su inexperiencia en el terreno sexual, su sensualidad era tan natural que le sorprendía el hecho de que nunca hubiera estado con otro hombre.

La culpabilidad se apoderó de su conciencia. No había tenido ningún derecho a poseerla de aquel modo. Aunque ella se le hubiera entregado de buena gana, lo había hecho bajo falsas pretensiones. No sólo porque creía que sus vidas estaban en peligro mortal, sino porque creía que él tenía la intención de casarse con ella.

Había estado mal, pero, a la vez, nada había podido ser más correcto...

No.

De repente, una culpabilidad de una clase diferente se apoderó de él. Desde el momento en el que se despertó y la miró a los ojos, no había pensado en su difunta esposa ni una sola vez. ¿Cómo había podido olvidarse de ella? Ella había muerto por su culpa, por ser él quien era. Porque no había sabido protegerla.

¿Cómo podía perderse de tal manera en el cuerpo de la princesa de Monteverde?

Observó el cuerpo perfecto de Antonella y sintió un escalofrío de placer. Él tan sólo era un hombre. ¿Cómo podía cualquier hombre mirar a aquella mujer y no hacer lo que él había hecho?

No tenía excusas. No se había portado bien.

Antonella debió de presentir que estaba despierto porque abrió los ojos. Sonrió y se arqueó a su lado como si fuera una gata.

—Gracias.

—¿Por qué, *cara mia*? Te aseguro que el placer ha sido todo mío.

—Podría acostumbrarme a esto —dijo ella, entre bostezos.

—Sí, ya me lo imagino, pero te merecías una cama. Sábanas de seda, un baño de burbujas. Champán. Te merecías que se te tratara como una princesa.

—En mi experiencia, ser una princesa no significa

mucho en lo que se refiere a cómo le tratan a una. Me alegro de que haya sido así.

—Pero te he hecho daño.

—No.

—Tu piel... Siento haber sido demasiado duro.

—Te aseguro que no ha sido así, Cristiano. No ha sido así. Has sido muy paciente conmigo.

Cristiano se colocó a su lado y la tomó entre sus brazos. Aquella noche, la abrazaría. Si sobrevivían, lo que sinceramente esperaba, se enfrentaría a sus sentimientos enfrentados por la mañana. Los cubrió a ambos con una manta y bostezó.

—¿Puedes dormir ahora? —le preguntó.

La única respuesta fue un delicado y femenino ronquido.

Antonella se despertó lentamente. Algo era diferente. La cama era muy dura y había alguien a su lado. Alguien grande y cálido. Un hombre.

El vestidor estaba completamente a oscuras. La vela se había apagado seguramente hacía ya mucho tiempo. Ella estaba tumbada sobre la moqueta, acurrucada contra Cristiano.

Los dos estaban desnudos.

Recordó imágenes de hacía unas pocas horas, casi sin poder creer lo que había ocurrido entre ambos, y mucho menos su propia osadía. Había pensado que iban a morir, pero los dos seguían con vida. ¿Qué estaría haciendo la tormenta en aquellos momentos? Se escuchaba el viento, pero ya no parecía ser un rugido ensordecedor.

Trató de apartarse de Cristiano. Tal vez podría abrir un poco la puerta y asomarse...

Unos músculos que ni siquiera sabía que existían protestaron por su movimiento. Cristiano se despertó a su lado.

–¿Adónde vas, Antonella?

–Creo que la tormenta ha amainado.

Él guardó silencio durante unos instantes.

–Creo que tienes razón.

Un segundo más tarde, Cristiano encendió una vela. Instintivamente, ella se cubrió con una manta. La expresión de Cristiano la llenó de pasión. Sexy. Conocedora.

–Lo he visto todo, Antonella. Es demasiado tarde.

–Lo sé –dijo ella, pero se ruborizó de todos modos.

Cristiano se puso de pie. Su cuerpo relucía a la luz de la vela. Le recordaba a Antonella a una estatua de mármol, tan hermoso. Se dirigió hacia la puerta y la abrió con mucho cuidado.

–Efectivamente, el viento parecer haber amainado un poco, pero necesito ver si puedo escuchar la radio –dijo él cerrando la puerta.

Ella bajó la mirada, temerosa de lo que él pudiera ver en sus ojos. ¿De dónde había salido aquel sentimiento de necesidad, de pasión que se estaba despertando en su interior? Deseo, sí, pero había algo más. Se sentía más cercana a aquel hombre que a cualquier otra persona viva. Resultaba un sentimiento aterrador porque él seguía siendo su enemigo. A la fría luz del día, él seguía queriendo la mena de Monteverde. El hecho de que ella fuera capaz de darle cualquier cosa, incluso su alma si él le volvía a hacer el amor, la aterrorizaba.

¿Cómo podía ser tan avariciosa, tan egoísta?

–Antonella...

Ella levantó la mirada.

–¿Te arrepientes?

–No.

–Entonces, ¿qué es lo que te ocurre?

–No me ocurre nada –respondió ella–. Simplemente esperaba que volvieras a hacerme el amor.

Cristiano no dijo nada durante un largo instante. Antonella sintió miedo. Creyó que tal vez hubiera sido mejor guardar silencio y no haber sido tan osada...

–Serás mi muerte –dijo él suavemente–, pero resulta que a mí no se me ocurre ninguna otra forma mejor de morir.

Durante los siguientes dos días, comieron galletas, salchichas y queso, charlaron, hicieron el amor y escucharon los partes meteorológicos. Antonella averiguó tantas cosas sobre él en aquellos dos días... Igualmente, compartió más de sí misma de lo que nunca hubiera creído posible.

Era peligroso, pero era lo adecuado. Estaban aislados allí, en su pequeño mundo, preguntándose si la tormenta terminaría por reclamarlos.

Después de tanto hacer el amor, el cuerpo le dolía, pero de un modo muy placentero. El escozor que tenía entre las piernas era un delicioso recordatorio de todo lo que habían hecho. No tenía ni idea de cuántas veces había alcanzado el clímax gracias a Cristiano, pero estaba tan cansada como si hubiera corrido un maratón.

–Tengo que volver a encender la radio –dijo él.

–Sí...

Sin embargo, Cristiano no se movió. Antonella se quedó prácticamente dormida entre sus brazos. De repente, un sonido comenzó a retumbar en sus oídos, un sonido diferente a la tormenta. ¿Una voz?

Parecía que alguien estaba gritando.

–¡Su Alteza Real! ¡Príncipe Cristiano!

Cristiano se incorporó de un salto. Entonces, una luz iluminó el oscuro vestidor, cegando a Antonella de tal manera que tuvo que cubrirse el rostro con un brazo.

–Su Alteza Real... Gracias a Dios que lo hemos encontrado.

Capítulo 11

DESDE el momento en el que los hombres de Cristiano los encontraron, todo fue diferente. Su amante comenzó a mostrarse frío y distante. Les ordenó que esperaran en el exterior y, cuando los dos estuvieron vestidos, la ayudó a salir del vestidor.

Cuando abandonaron la habitación principal, Antonella se dio cuenta de que la casa estaba en un estado de ruina mucho peor de lo que hubiera imaginado. Muros derribados, tejado en un estado precario, escombros por todas partes... Había sido un milagro que la habitación que los había resguardado no hubiera resultado también destruida.

Cristiano la acompañó al Mercedes que los esperaba. Antes de entrar en el coche, Antonella se volvió a mirar la casa, pero la mano de él la empujaba con firmeza al interior del vehículo.

–*Per piacere, principessa.*

Antonella se montó en el coche. Cristiano la siguió inmediatamente. Muy pronto, comenzaron a alejarse de la casa en la que ella se había entregado por completo a él. La casa en la que se había enamorado de Cristiano.

¿Cómo había sido eso posible? ¿Cómo había podido enamorarse del príncipe de Monterosso?

Todo había ocurrido muy rápidamente, tal vez demasiado. ¿Qué diría Lily? Le encantaría poder hablar con su amiga en aquellos momentos. En muchos sentidos, se sentía una estúpida. Había perdido su virginidad y se había enamorado del hombre al que se la había entregado. ¿Cómo podía ser tan ingenua?

No tenía ni idea de cuándo se había producido, pero en algún momento del viaje que les había llevado de ser enemigos acérrimos a amantes insaciables, ella había perdido el corazón. Cristiano era un hombre de fuertes sentimientos y de profundas convicciones. Le había enseñado que un hombre podía ser un compañero en vez de convertirse en alguien al que ver con sospecha y miedo. Los últimos días habían sido una completa revelación para ella.

¿Y para él? ¿Cuáles eran sus sentimientos? No lo sabía. Le turbaba no saber lo que Cristiano estaba pensando. Sabía que él no la amaba, pero pensaba que después de todo lo que habían pasado al menos sentiría algo por ella. Desgraciadamente, se había mostrado muy distante desde el momento en el que sus hombres habían llegado. Como si no hubieran compartido absolutamente nada.

El coche los llevó directamente al aeropuerto. Cuando llegaron allí, el avión ya estaba reparado y listo para despegar. Cristiano la hizo subir por la escalerilla. El contacto en la espalda era ligero e impersonal. Antonella trató de no pensar en lo mucho que la entristecía ese detalle.

Una azafata les dio la bienvenida a bordo. Cristiano la hizo sentarse en una cómoda butaca.

—Debes de estar hambrienta. Pediré algo para comer.

—Primero, me gustaría asearme un poco.

—Habremos despegado dentro de un instante. Podrás hacerlo entonces.

Con eso, Cristiano se dio la vuelta y comenzó a hablar con la azafata. A continuación, se abrochó el cinturón. Antonella observó sus fuertes manos con la esperanza de que tomara las suyas cuando hubiera terminado, pero no fue así. Simplemente las apoyó sobre el regazo y cerró los ojos.

Antonella se mordió los labios. ¿Qué diablos estaba pasando? Sabía lo que tenía que hacer. Debía fingir, hacer como si no le importara. Sin embargo, no podía. Con él no. Lo amaba. ¿Por qué había tenido que dejar que le robara el corazón? ¿Por qué no había sido más fuerte?

En cuanto estuvieron volando, llegó la comida. Ella hizo ademán de levantarse sin comer nada, pero él le agarró la muñeca.

—Come primero. Te ayudará a sentirte mejor.

Nada podía ayudarla, pero no dijo nada. Se sentó y miró el plato en silencio.

—¿Por qué no comes? —le preguntó Cristiano cuando su plato ya estuvo completamente limpio.

Antonella se encogió de hombros.

—No tengo hambre.

Él le colocó un dedo debajo de la barbilla y la obligó a mirarlo. Resultaba ridículo lo mucho que se le aceleró el corazón. Lo mucho que su cuerpo ansiaba sentir el de él, aunque hacía sólo unas pocas horas que habían compartido intimidad. Ridículo.

Los ojos de Cristiano eran inescrutables. ¿Sentía él lo mismo o ya había olvidado lo ocurrido en los últimos días?

—¿Preferirías ducharte?

—Sí.

Cristiano llamó a una de las azafatas.

—Por favor, acompañe a Su Alteza al cuarto de baño.

Entonces, él tomó un periódico y comenzó a leerlo, apartándola de sus pensamientos como si nada.

Cuando Antonella estuvo a solas en el cuarto de baño, se quitó la ropa y sacó de su maleta un vestido más adecuado. Estaba muy arrugado, por lo que llamó a la azafata y le preguntó si se lo podían planchar.

–Por supuesto, *principessa* –dijo la azafata, con una sonrisa. A pesar de todo, la frialdad de su voz no sorprendió a Antonella. Ella era una enemiga para ellos. No era de extrañar aquella actitud.

Cuando se quedó a solas, se miró en el espejo. Su aspecto era el de una mujer que se había pasado tres días haciendo el amor. Tenía los labios hinchados y enrojecidos por los besos, el cabello despeinado y tenía marcas sobre la piel en los lugares en los que la barba de Cristiano la había arañado mientras se besaban. No le cabía duda de que todos los que la hubieran visto desde que los rescataron, sabían perfectamente lo que habían estado haciendo. Contuvo una risa histérica. Por fin su reputación de mujer algo ligera de cascos era cierta. ¡Qué ironía!

El agua caliente la hizo sentirse muy bien. A pesar de todo, la tensión sobre lo que le deparara el futuro no la dejaba relajarse.

Cuando salió de la ducha, se secó y vio que el vestido ya estaba listo. Se puso la ropa interior y luego sacó la prenda de la percha. En cuanto se lo puso, notó que algo iba mal. En vez de ceñírsele a las curvas, la tela permanecía suela. Entonces, se dio cuenta de que quien hubiera planchado el vestido, se había ocupado también de descoserle todas las costuras.

Cristiano levantó la mirada al notar que ella se acercaba. El ceño que él tenía en el rostro le dijo a Antonella que no estaba consiguiendo ocultar demasiado bien sus sentimientos.

–¿Ocurre algo, *principessa*?

–En absoluto. ¿Por qué lo preguntas? –mintió–. ¿Cuánto nos queda para llegar a París?

–¿Te encuentras incómoda?

–En absoluto.

La azafata los interrumpió. Colocó una taza de café delante de Cristiano.

–*Principessa*? –le preguntó a ella.

Antonella esbozó una amplia sonrisa.

–*Grazie,* pero no –respondió. No quería darle a alguien la oportunidad de escupir en su café.

Cuando la azafata se marchó, Cristiano levantó la taza y tomó un sorbo.

–¡Cuánto había echado esto de menos!

–No me has respondido –insistió ella–. ¿Sabes cuánto tiempo vamos a tardar en llegar a París?

–Claro que lo sé, pero no vamos a ir a París. Vamos directamente a Monterosso.

–¿A Monterosso? Prometiste llevarme a París.

–Eso fue antes.

–¿Antes de qué, Cristiano? ¿Antes de la tormenta? ¿Antes de que me chantajearas para que me casara contigo? ¿O antes de que te pasaras los tres últimos días practicando el sexo conmigo sobre el suelo?

Cristiano se terminó el café sin inmutarse.

–Antes de que decidiera que era mejor no perderte de vista. Por lo que ha ocurrido entre nosotros, podrías pensar que nuestro trato ya no está vigente. Te aseguro que eso no es cierto. Espero que te esfuerces para que me entregues los derechos del mineral.

Antonella comprendió inmediatamente que él no sentía nada por ella. Sólo le preocupaban las minas y el hecho de dominar Monteverde. Para él, no había sido más que un negocio. Ella lo había sabido desde el principio, pero había preferido pensar que podría significar más. Que ella podría significar más.

¿Cómo podía haber sido tan estúpida? ¿Cuándo iba a aprender? ¿Acaso una vida entera de ansiar el amor de su padre y tratar de conseguir su aprobación no le habían enseñado nada?

–Tal vez sientas la tentación de pensar que el sentimentalismo me va a apartar la idea de la cabeza, ahora que hemos compartido... tanta intimidad.

–¿Intimidad? –repitió ella con amargura–. Sí, es cierto, pero, aparentemente, no la suficiente.

–¿Acaso esperabas que el hecho de que me entregaras tu virginidad iba a cambiar las cosas, Antonella?

–Vete al infierno –le espetó ella.

–Quiero que sepas que me disculpo por ello –dijo él, tras un largo silencio–, pero eso no cambia nada. Convencerás a tu hermano de que esto es lo mejor para Monteverde. Porque lo es, Antonella. Es el único modo de sobrevivir.

Ella se cruzó de brazos y apartó la mirada. La garganta le dolía por las lágrimas que no había derramado. Lo más extraño de todo era que su disculpa le dolía más que sus acusaciones. Sin ella, hubiera podido convencerse de que él era un ser malvado y poco merecedor de su amor. Sin embargo, él había aplastado esa esperanza haciéndole ver de nuevo el Cristiano justo y objetivo que ella sabía que había bajo aquel frío exterior.

–No era el único modo de sobrevivir –dijo ella, suavemente–, pero es lo único que nos queda, gracias a ti.

Cristiano se negaba a sentir remordimientos. Sí. Se había pasado varios placenteros días en compañía de Antonella, pero eso ya había terminado. Él tenía un objetivo en mente y no iba a perder la guerra simplemente porque hubiera cedido un par de batallas. Tenía que centrarse en el objetivo real.

En el momento en el que sus hombres los encontraron en el vestidor, supo que no podía seguir siendo su amante. Odiaba hacerle daño a Antonella, pero ella lo superaría con el tiempo. La tendría a su lado hasta que estuviera seguro de tener las minas y Monteverde en su poder y luego la enviaría a su casa. No podría hacerle creer la farsa de un compromiso ficticio más tiempo del necesario. Ya no. Enviarla a su casa lo antes posible era lo mejor que podría hacer por ella. Aunque no fuera de Monteverde, no podía casarse con ella. Antonella le hacía sentir cosas que lo confundían y lo irritaban. Sentimiento de protección, placer, compañerismo... Cosas peligrosas.

El rostro de Julianne acudió de nuevo a su pensamiento. Por fin, terminaría con la violencia que había terminado con su vida y ella podría descansar en paz.

Oyó un clic en la puerta del despacho. Levantó la mirada. Había enviado a Antonella a llamar a su hermano. No era necesario que él escuchara. Estaba muy seguro de su posición. Haber estado controlándola habría sido un insulto añadido a las demás afrentas que le había ocasionado a Antonella.

Ella estaba de pie, de espaldas a él. Sin poder evitarlo, admiró la línea del trasero. El deseo prendió inmediatamente en sus venas...

Apartó los recuerdos de los últimos días. Le hacían desear llevársela al dormitorio y hacerle el amor sobre las sábanas de seda que le había dicho en repetidas ocasiones que se merecía. Antonella era tan sensual, tan dispuesta... A pesar de su inexperiencia, lo había compensado con creces.

Antonella se apartó de la puerta y se dirigió con resolución hacia él. La princesa de hielo volvía a ocupar su lugar.

Ella se sentó frente a él y cruzó las piernas. Cristiano trató de no mirárselas para no imaginarse lo que había debajo de aquella falda. El paraíso...

–¿Se ha alegrado tu hermano de saber que te encuentras a salvo?

–Sí, mucho –respondió ella mirándose las uñas–.
Dante desea reunirse contigo antes de acceder a venderte la mena.

Cristiano enmascaró su contrariedad. No era culpa
de Antonella. Había esperado cierta reticencia, pero no
se había imaginado nunca que el rey de Monteverde se
mostraría tan testarudo con el poco tiempo que le quedaba.

–¿Para qué? No os quedan opciones, a menos que a
Dante no le importe perder el control de su país a manos
extranjeras.

–¿No es eso lo que piensas hacer tú?

–Nosotros somos naciones hermanas, Antonella.
Nos entendemos más de lo que podría hacerlo nunca
una potencia extranjera.

–Yo no creo que nos entendamos en lo más mínimo,
Cristiano. Si así fuera, no estaríamos en guerra.

–Yo voy a terminar esa guerra, *cara*.

–Creo que para eso hará falta mucho más que un
príncipe decidido –dijo ella con cierta pena–. Me pregunto si entiendes a tu pueblo tan bien como crees hacerlo.

–¿Qué quieres decir con eso?

–Significa que las antipatías de muchos años son di-
fíciles de borrar. No se puede cambiar de la noche a la
mañana el sentir de un pueblo. Es imposible.

–Pues nosotros hemos cambiado de opinión bastante
rápidamente, ¿no es así?

–Nosotros somos sólo dos personas. Además, esen-
cialmente, no creo que haya cambiado nada entre nosotros. Hemos sido amantes, sí, pero tú no sientes nada por
mí, ¿verdad, Cristiano?

–Claro que sí –dijo.

–Me temo que no lo suficiente.

Él le tomó la mano y se la apretó con fuerza.

–Todo lo que compartimos fue sincero y real, Antonella. No lo dudes nunca.

Ella pareció dudar, como si estuviera pensando en algo. Lo que dijo a continuación no fue lo que él hubiera esperado nunca.

–Yo quiero más. Mucho más. Quiero amor, Cristiano. Quiero que sientas lo que yo siento.

Antonella lo amaba. ¿Por qué no se lo había imaginado? Era virgen, una niña inocente que tenía una profunda desconfianza hacia los hombres y que, sin embargo, se había entregado a él. Debería haber previsto esta complicación. Debería haber sido más cruel consigo mismo y haberse negado a convertirla en su amante.

El fuego y el hielo se le mezclaban en las venas. Las palabras de Antonella eran muy seductoras. Quería dejarse llevar, sentir ese vínculo con otro ser humano, pero no podía. ¿Cómo iba a permitirse enamorarse de aquella mujer? Sería una traición a Julianne, una traición a su recuerdo y a su sacrificio. Si no había podido amar a su esposa del modo que ella se merecía, ¿cómo podía amar a otra persona?

La ira comenzó a ganar la batalla. El hielo cristalizó la llama. La hizo pedazos. Había tomado su decisión hacía muchos años. No cambiaría en aquel momento. Era demasiado tarde para él.

–No puedo darte más. Perdí la habilidad de hacerlo cuando una bomba monteverdiana me arrebató la vida de mi esposa.

Capítulo 12

ANTONELLA no se despertó hasta que el avión comenzó a descender en Sant'Angelo del Capitano, la capital de Monterosso. Se atusó el cabello y observó como Cristiano no apartaba la mirada de la pantalla de su ordenador.

El corazón le dolía de amor y angustia. Él no la amaba. Jamás la amaría. Amaba a una mujer muerta.

La ansiedad comenzó a apoderarse de ella, incrementándose a medida que descendían. Ella jamás había estado en Monterosso. Por lo que podía recordar, sería la primera Romanelli en poner pie en suelo de Monterosso desde hacía al menos cuatro generaciones.

El pensamiento no la consolaba, como tampoco lo hacían las miradas veladas de las azafatas. Ellas no la querían allí. Antonella tampoco lo deseaba.

Cristiano cerró por fin el ordenador. Se había duchado y se había puesto un traje limpio. Parecía tan distante, tan guapo... Ella, por su parte, llevaba un vestido de algodón. El de seda habría sido más apropiado, pero no había querido correr el riesgo de pedir que le plancharan otro vestido.

—Pareces nerviosa —le dijo Cristiano.

—¿Sí? ¡Qué raro!

Cristiano sonrió, lo que le dolió a ella aún más.

—No debes tener nada que temer, Antonella. Estás bajo mi protección. Monterosso es un país bastante civilizado.

A Antonella le habría gustado compartir aquel sentimiento, pero aún tenía un vestido de seda en la maleta que demostraba lo contrario.

El recibimiento que Cristiano tuvo en la misma pista de aterrizaje fue espectacular. La guardia de honor le rindió honores a ambos lados de una alfombra roja. Antonella permaneció detrás de él, esperando no llamar la atención. Ya era de noche, pero los focos del aeropuerto iluminaban la zona como si fuera de día. A pesar de todo, se puso las gafas de sol y mantuvo la cabeza baja.

Mientras pasaban por delante de los periodistas, éstos comenzaron a tomar fotografías y a hacer preguntas. Entonces, Cristiano se volvió hacia ella y la agarró del brazo. A continuación, siguió andando. Los flashes restallaron con más velocidad que antes y un murmullo colectivo recorrió la multitud.

Segundos más tarde, cuando llegaron al Rolls-Royce que los esperaba, entraron en su interior. El chófer uniformado cerró la puerta y se puso al volante.

—Hiciste eso a propósito —dijo ella mientras el coche avanzaba entre una multitud enfervorizada, a pesar de que eran ya más de las diez de la noche.

—¿El qué?

—Atraer la atención sobre mí.

—He regresado a mi casa acompañado por la princesa de Monteverde. Es una gran noticia. Es mucho mejor que todos vean que te llevo del brazo que no que vas detrás de mí, ¿no te parece?

—Si tú no se lo hubieras dicho, no se habrían dado cuenta.

—Confía en mí, *cara*. Resulta muy fácil reconocerte. Era cuestión de tiempo que alguien se diera cuenta de quién eres.

Se dirigieron a la capital del país. En comparación con la capital de Monteverde, Sant'Angelo del Capitano era una ciudad viva y vibrante. ¿De verdad podría Cristiano salvar a su empobrecido país? ¿Era su plan la clave para devolver a su nación la vitalidad y la prosperidad perdidas?

–Ahora que estamos aquí, ¿cuáles son tus intenciones? –le preguntó. Quería prepararse para lo que se le fuera a venir encima.

–Todo lo que pueda conseguir, Antonella.

–¿Cuándo te vas a reunir con Dante?

–En cuanto pueda.

–¿Me llevarás contigo?

–¿Es necesario?

–No, pero quiero ver a mi hermano. Hemos estado a punto de morir en Canta Paradiso. Quiero ver a mi familia.

–Muy bien.

Antonella no había esperado que él accediera tan fácilmente, pero agradecía que así hubiera sido.

Unos momentos más tarde, el Rolls se detuvo delante de un alto edificio. Un portero abrió la puerta del coche para que Cristiano pudiera bajar. Entonces, él se volvió y le ofreció a ella la mano. En aquella ocasión, no había fotógrafos. Antonella suspiró aliviada.

–¿Dónde estamos?

–En mi casa –respondió él. La hizo pasar a través de una puerta doble y le llevó hasta unos ascensores. Otro hombre de uniforme los saludó afectuosamente y deslizó una tarjeta en el ascensor. Las puertas se abrieron inmediatamente. Cristiano le indicó a Antonella que pasara.

–¿No vives en palacio? –le preguntó ella.

–Tengo mis habitaciones allí, sí, pero prefiero tener mi intimidad.

–Debe de ser más fácil traer las mujeres aquí. Los padres pueden coartar mucho una relación –bromeó. Él la miró muy seriamente.

–Nunca he traído a una mujer aquí, Antonella. Compré este ático después.

Después de que su esposa muriera.

El ascensor se detuvo por fin y las puertas se abrieron. Antonella siguió a Cristiano a un espacioso apartamento que, efectivamente, estaba decorado con un toque muy masculino.

–Nuestro equipaje llegará muy pronto, pero el servicio no estará aquí hasta mañana.

De repente, se escuchó un maullido en un rincón del salón. Cristiano se inclinó para saludar a una enorme gata de color gris. Mientras él acariciaba el gato, Antonella sintió que se le hacía un nudo en la garganta.

Entonces, como si acabara de recordar que Antonella estaba allí, tomó a la gata en brazos y se incorporó.

–Ésta es Scarlett O'Hara, la señora de la casa.

–Es muy grande.

–Sí. Ya te dije que seguramente es mayor que tu Bruno.

Por alguna razón, el hecho de recordar a Bruno hizo que Antonella sintiera deseos de escapar. Necesitaba tiempo y espacio.

–¿Cuál es mi dormitorio? Creo que me gustaría retirarme.

–¿Tu dormitorio? ¿No deseas compartirlo conmigo? –le preguntó mientras volvía a dejar a la gata sobre el suelo.

–¿Para qué, Cristiano? Ya has dicho que no me puedes dar lo que quiero.

Él se acercó a ella, invadiendo el espacio personal de Antonella. Aquella cercanía la ponía nerviosa y despertaba su cuerpo. Deseaba tanto abrirle los pantalones y tomarle el sexo en la mano antes de hacer que se sentara y acomodarse a horcajadas encima de él. Deseaba mucho hacerlo, pero se contendría.

–Me deseas, Antonella, igual que yo te deseo a ti. Sin embargo, tienes razón. No puedo darte lo que quieres, por lo que sería injusto pedirte lo que yo deseo.

–Efectivamente.

–Vamos –dijo él, sin hacer ademán alguno por establecer contacto físico con ella–, te mostraré la habitación de invitados.

Cristiano tomó un sorbo de whisky y observó las luces de la ciudad. Estaba sentado en el sofá del salón sumido en la oscuridad. Scarlett estaba acurrucada a su lado. No sabía qué hora era, aunque debía de ser más de medianoche. Había tratado de dormir, pero no había podido. Su cama estaba demasiado vacía.

Antonella Romanelli lo amaba. *Dio santo*. Muchas mujeres le habían dicho aquellas mismas palabras a lo largo de los años y él no había tenido problema alguno. Sospechaba que las mujeres que se lo habían dicho no sentían las palabras. Seguramente, sólo querían ser princesas y reinas en el futuro. Sus amantes aprendían muy pronto que no conseguían persuadirlo con falsos sentimientos.

Julianne sí que había sido sincera y estaba completamente seguro de que Antonella también. Cada vez que le hacía el amor, había comenzado a creer que debería casarse con ella. El sexo con Antonella era mucho más excitante que lo que nunca hubiera creído posible. Podían construir una vida entera con esa conexión sexual. Ciertamente, había aspectos mucho menos atractivos en los que basar un matrimonio.

Sin embargo, cuando terminaba, la culpabilidad lo corroía por dentro. Tendría que haberse imaginado que ella se enamoraría. Era inocente y sexy, tan vibrante que lo volvía loco de deseo. Él le había enseñado el placer físico, pero se había negado a considerar que ella pudiera leer algo más en ello.

Antonella se merecía un hombre que pudiera amarla, no un hombre como él. Debería haber amado a Julianne y no lo había hecho. Si la hubiera amado, jamás la habría dejado ir a la frontera sin él. Había sellado su destino. No le haría lo mismo a otra mujer.

Scarlett comenzó a ronronear. Cristiano le acarició detrás de las orejas. Era el único vínculo que le quedaba con Julianne. Resultaba una locura pensarlo, pero cuando el gato falleciera, se quedaría solo. ¿No debería un hombre, un príncipe y futuro rey, tener unas mejores perspectivas en la vida que aquéllas?

—¿Cristiano?

Se giró al escuchar la voz de Antonella.

—¿Por qué no estás durmiendo?

—No puedo.

—¿Quieres tomar una copa?

—No.

Scarlett se puso de pie y se estiró. Entonces, se subió al respaldo del sillón y comenzó a maullar delante de Antonella. Ella comenzó a acariciar la cabeza del animal. La gata no tardó en volver a ronronear.

—Le gustas. Normalmente ignora a la gente.

Scarlett volvió a maullar ruidosamente. Antonella la tomó en brazos y la abrazó, frotando el rostro contra la piel del animal. Aquella imagen hizo que a Cristiano se le hiciera un nudo en la garganta. Julianne solía hacer el mismo gesto. La gata ronroneó con más fuerza.

—Quería decirte algo —dijo Antonella sentándose en el sofá con la gata en brazos—. Es importante que lo sepas.

—Antonella, si es sobre lo que dijiste...

—No. Cuando estábamos en el avión, pedí que me plancharan un vestido. Quien lo hiciera, se ocupó también de descoserme también todas las costuras. El vestido se deshizo cuando me lo puse. No quiero que tomes ningún tipo de medida, sólo que lo sepas porque creo que es importante. Yo estaba bajo tu protección, pero alguien se atrevió a hacer algo así de todos modos. Antes de que trates de decir algo, sé que la prenda no estaba dañada cuando pedí que me la plancharan.

La ira se apoderó de Cristiano. Encontraría al culpable y le obligaría a disculparse...

No podía hacerlo. No serviría de nada. Sólo conseguiría que todos la odiaran más. *Dio*... ¿Y él había creído que podría terminar con la guerra?

Sí. Lo conseguiría.

—Siento mucho lo ocurrido, Antonella. Te compraré otro vestido.

—No se trata del vestido, sino de ti. De lo que piensas hacer.

—Si estás tratando de conseguir que cambie de opinión, estás perdiendo el tiempo.

—En absoluto, Cristiano. Sé que no te detendrás ante nada. Entiendo tu deseo de terminar con la guerra y traer la paz, pero espero que no permitas que tu necesidad de castigarnos por la muerte de Julianne te dicte lo que has de hacer. Hay odio y resentimiento en ambos bandos. Muchas personas han perdido a seres queridos en la lucha. El hecho de destruirnos, aunque te ayudaría a sentirte mejor durante un tiempo, no serviría para recuperar a nadie.

—No soy ningún niño, Antonella. Sé que no puedo hacer resucitar a nadie, pero tal vez pueda conseguir que los muertos descansen en paz, ¿no te parece?

Antonella dejó a la gata sobre el sofá, pero Scarlett se subió a su regazo y se durmió encima. Cristiano trató de ignorar aquel hecho, pero, de repente, se sintió rechazado. Por un gato.

Estaba perdiendo la cabeza.

—Necesito saber algo. ¿Es tu intención destruirnos o de verdad quieres terminar con la guerra y ayudarnos a volver a empezar?

—Haré lo que haga falta, Antonella. Creo que Monteverde estaría mucho mejor sin los Romanelli en el poder. Dante podría permanecer como figura decorativa, pero no tendría ni voz ni voto en el gobierno del país. Eso dependería de Monterroso.

—Sí. Eso me había parecido. Jamás tuviste intención de ayudar. Sólo querías someternos. Y tampoco tuviste nunca intención de casarte conmigo, ¿verdad?

—No —confesó. No podía seguir ocultando la verdad.

Suavemente, Antonella dejó a Scarlett en el sofá antes de ponerse de pie. Tenía la voz suave, triste.

—Lo siento mucho por ti, Cristiano. Has perdido a la mujer que amabas, sí, pero ¿querría ella que tú sacrificaras tu felicidad para compensar lo que le ocurrió a ella?

—No la amaba del modo que ella se merecía. Cualquier sacrificio que yo haga es mi penitencia. Julianne murió por mi culpa, por quien soy. No descansaré hasta que haya paz entre nuestras naciones. Vete a la cama, Antonella. Ahórrate tu amor para alguien que lo merezca.

—Yo no conocí a tu esposa y siento que muriera, pero tú causaste su muerte igual que yo no obligué a mi padre a que me pegara.

—Esto es diferente.

—No lo es. ¿Es que no te das cuenta? Me dijiste que me equivocaba al creer que podría haber cambiado los actos de mi padre, que mi comportamiento no tenía nada que ver con el suyo. Sin embargo, crees que obligaste a Julianne a ir en aquel convoy, que pusiste la bomba que la mató.

–Antonella...

–No. Te equivocas, Cristiano. No me importa lo que pienses, pero te equivocas. No es culpa tuya –susurró ella. Cristiano comprendió que estaba a punto de echarse a llorar.

–Yo podría haberle impedido que fuera...

–No eres omnisciente. Ninguno lo somos. Yo debería haberme quedado en mi casa en vez de ir a Canta Paradiso. No habría tenido que sufrir la tormenta y mi corazón seguiría perteneciéndome.

Cristiano guardó silencio mientras que ella se daba la vuelta y se marchaba. ¿De qué hubiera servido hablar?

Entonces, Scarlett saltó del sofá y echó a correr detrás de Antonella. Una puerta se cerró, pero volvió a abrirse cuando la gata comenzó a maullar.

Cuando volvió a cerrarse, Cristiano se quedó verdaderamente solo. Hasta la gata lo había abandonado.

Capítulo 13

CUANDO Antonella se despertó a la mañana siguiente, con la gata acurrucada a su lado, se sintió más sola y enfadada de lo que se había sentido en toda su vida. Estaba enamorada de un hombre que era esclavo de un recuerdo. Un hombre que la había mentido.

Saber que nunca había tenido intención de casarse con ella le dolió más de lo que debería. Sólo le había prometido matrimonio para asegurarse de que ella creía que su intención era ayudar a Monteverde. Suponía que, en cierto modo, ayudaría al país enemigo, aunque terminaría por destruir la independencia de Monteverde. ¿Estaba mal pensar que podría terminar con las hostilidades entre los dos países uniéndolas?

Todo dependía de Dante, aunque a ella le daba la sensación de que no se opondría. Era demasiado tarde. Sin el dinero de un generoso benefactor, el de Cristiano era su último recurso. Tendría que elegir entre eso o permitir que los acreedores se repartieran Monteverde, lo que podría prolongar el sufrimiento del país.

Después de vestirse, salió de su dormitorio. Encontró a Cristiano sentado a la mesa del desayuno. Una mujer uniformaba le servía el café mientras él leía el periódico de la mañana. Antonella se unió a él aunque su estómago se negaba a comer nada.

—Nos marcharemos a Montebianco dentro de dos horas –le dijo él sin preámbulo alguno–. Tu hermano se reunirá allí con nosotros.

No dijo nada más. Antonella se sintió muy desilusionada por su cruel actitud. A pesar de lo que sentía por él, no podía hacerlo cambiar ni conseguir que sus sentimientos fueran diferentes. Tenía que cambiar él solo.

Lo único bueno de ir a Montebianco era que, aparte de volver a ver a su hermano, vería también a Lily. No estaba presente en el helipuerto para recibirla, pero cuando entraron en el palacio, una Lily muy embarazada salió a recibirlos. Dio a Antonella un fuerte abrazo.

–¡Has cambiado!

Antonella miró a Cristiano, que estaba hablando con Nico Cavelli, el príncipe de Montebianco.

–Te aseguro que no es nada. Han sido unos días muy duros luchando contra esa tormenta. Eso es todo.

–Ya lo he oído. ¡Qué miedo debes de haber pasado! Sólo estabais Cristiano y tú, ¿eh? Tal vez eso explique por qué tu aspecto me parece diferente. ¿Qué hicisteis el apuesto príncipe y tú mientras estabais solos, Ella?

Antonella hizo un gesto de desesperación con la mirada para tratar de hacerle creer a su amiga que la pregunta era una tontería.

–No hicimos nada más que permanecer con vida. Tu imaginación anda un poco desbocada. Sin duda, será por tu embarazo.

–Aún me queda otro mes –suspiró Lily–, pero me parece que voy a estallar en cualquier momento.

Nico se acercó en aquel momento a su esposa y, muy solícito, la ayudó a que se sentara. Antonella apartó la mirada. En aquellos momentos, no podía contemplar a una pareja enamorada. No podía ver cómo Nico miraba a su esposa ni el modo en el que el rostro de ella relucía con el amor incondicional que sentía por su marido.

No quería hacerlo, pero miró a Cristiano. Él la estaba observando. Sus miradas se cruzaron unos instantes, pero enseguida apartó la mirada.

Muy pronto, Dante llegó. Antonella salió corriendo a recibirlo con los brazos abiertos. Se abrazaron durante un largo instante. Sin poder evitarlo, ella se echó a llorar.

—¿Qué te pasa, Ella? —le preguntó Dante—. Ya estás a salvo. Estoy muy contento por ello.

—Nos he fallado, Dante. He fallado.

—No. Soy yo quien ha fallado. Sea lo que sea lo que ocurra ahora, no debes culparte por ello.

—Debería haberme esforzado más...

—Ella, mi dulce Ella —susurró Dante tras darle un beso en la frente—. Siempre te tienes que culpar por todo y siempre te equivocas al hacerlo. No puede ser así.

Cuando se acercaron a donde estaban los demás, Cristiano se puso de pie. Antonella no pudo soportar mirarlo ni un instante más. Se dio la vuelta y se marchó al patio más cercano. Necesitaba un instante para respirar. Sin embargo, cuando regresó a la sala, los tres hombres habían desaparecido.

Lily frunció el ceño.

—Creo que tenemos que hablar, Antonella.

—Sí —susurró ella—. Creo que tienes razón.

Los tres hombres estuvieron reunidos durante varias horas. Antonella se moría de ganas por saber qué estaba pasando. Sentía una profunda ira. En primer lugar, hacia su padre. Él era el causante de la situación en la que se encontraba Monteverde. Además, se había limitado a hacerles daño a Dante y a ella y se había negado a verla como algo más que un objeto de cambio al servicio del país.

Decidió que esa situación iba a cambiar. En primer lugar, tomó la decisión de ir a la universidad. Quería aprender algo útil. Dejaría que otra persona se ocupara de servir el té a las esposas de los dignatarios. Dejaría de ser una figura decorativa. Ella era capaz de mucho más. También estaba enfadada con su hermano, por no haber sabido reaccionar antes, y con Cristiano. La incapacidad de éste por dejar atrás la muerte de su esposa, su necesidad de venganza y su negativa a aceptar un nuevo amor la ponían verdaderamente furiosa. El amor que ella le ofrecía merecía la pena. Ella merecía la pena.

El hecho de hablar con Lily la ayudó a aclarar muchas cosas.

Estaba tomándose un té helado a solas en el salón cuando escuchó una voz muy profunda y sensual.

—Antonella...

—¿Cómo ha ido todo, Cristiano? ¿Eres ya el héroe rescatador? ¿Debería hacerte una reverencia y llamarte amo?

—No creo que eso sea necesario. Dante ha accedido a venderme la mena y yo he accedido a garantizar los préstamos. Es lo mejor para todos.

—Sí, claro. ¿Cómo se ha tomado mi hermano que le digas que sólo será una figura decorativa?

—Monterosso enviará consejeros para ayudar en la recuperación. Dante sigue siendo rey.

—Me pregunto por cuánto tiempo

Cristiano se mesó el cabello con una mano y se sentó en la butaca que Lily había dejado vacía.

—No quiero que las cosas terminen de este modo entre nosotros.

—¿Que terminen cómo, Cristiano? ¿Contigo triunfante? ¿Cabalgando hacia la puesta del sol con tu nuevo juguete y estando libre de toda atadura?

—Estás enfadada.

–¿Cómo te has dado cuenta?

–Hemos compartido muchas cosas para ser enemigos, ¿no te parece?

–Creo que siempre fuimos enemigos, Su Alteza Real. Cometí el error de olvidarlo. No lo volveré a hacer, te lo aseguro.

–No habría salido bien, *cara*. Aunque nos hubiéramos casado y nuestros pueblos lo hubieran aceptado, tú me habrías odiado porque ya te he dicho que no te puedo dar lo que deseas. Por mucho que sienta hacia ti, por mucho que desee tenerte en mi cama, sería injusto por mi parte reclamarte. Te mereces que te amen, Antonella, de un modo que yo jamás podré darte.

Una lágrima se deslizó por la mejilla de Antonella.

–Estoy furiosa, así que no pienses que lloro porque me has roto el corazón. Deja de buscar excusas a tu comportamiento diciéndome lo que yo me merezco. Sé lo que me merezco, Cristiano.

–No estoy buscando excusas. Simplemente te informo de los hechos.

–Sí, bueno. Conozco bien los hechos. También sé que si tú me pidieras que me casara contigo en este momento, te diría que no. Lo que me merezco es un hombre que crea en mí. Cualquiera puede decir que ama a una persona. Creer en ellos, confiarse a ellos... eso es lo más difícil, ¿no te parece?

–Creo que eres capaz de hacer lo que te propongas, Antonella. Tendrás una buena vida sin mí. Y encontrarás a ese hombre que estás buscando.

Ella giró la cabeza. No quería que él viera la desesperación en la que la iba a sumir su ausencia. Dijera lo que le dijera, Cristiano era el hombre al que ella amaba. Tardaría mucho tiempo en olvidarse de él.

–Ya puedes marcharte, Cristiano. Creo que ya no nos queda nada que decirnos.

Él no se movió durante un largo instante. Antonella rezó para que no la tocara, porque si lo hacía estaba segura de que se desmoronaría.

Afortunadamente, Cristiano no lo hizo. Se marchó sin decir ni una sola palabra. Ella permaneció allí sentada, escuchando cómo los pasos de su amado se alejaban de ella.

Cristiano estaba de muy mal humor cuando se montó en el helicóptero que lo llevaría a casa. No tenía deseo alguno de regresar a su apartamento. Éste había sido su refugio tras la muerte de Julianne, porque allí no tenía recuerdos de ella. Había sido un lugar seguro hasta que Antonella pasó una única noche allí.

Se colocó las manos en las sienes, esperando así poder hacer desaparecer con un masaje el terrible dolor de cabeza que estaba empezando a sentir. Sólo era estrés de todo lo ocurrido en los últimos días y de la charla que había mantenido con Dante Romanelli.

Sorprendentemente, sentía simpatía por el nuevo rey de Monteverde. No presentía en él siniestras intenciones. El rey Dante era un par de años más joven que él, pero parecía mayor. El estrés de gobernar en tan terrible circunstancias le estaba pasando factura.

Mientras charlaba con él, empezó a pensar que Dante era el hombre adecuado para dirigir el cambio en Monteverde. No obstante, como era demasiado tarde para cambiar su plan, Monteverde estaba efectivamente bajo el control de Monterosso.

Sin embargo, su victoria le resultaba vacía. Había creído que sentiría triunfo, satisfacción, pero se sentía vacío. Como si, en vez de ganar, hubiera perdido.

Antonella.

No quería pensar en ella, pero no podía evitarlo. Se

la imaginó sentada en solitario en la terraza donde la había dejado. Algo se quebró en su interior, pero se negó a analizarlo.

Era una mujer hermosa, sensual y fascinante, mucho más fuerte de la mayoría de las personas que conocía y también más vulnerable. Era a la vez inocente y mundana. Lo había hecho arder con una simple mirada y lo desgarraba por dentro con su indignación.

Ella lo amaba. Aunque Cristiano quería aceptar ese amor, dar la vuelta y llevársela consigo a Monterosso, no podía hacerlo. Había aceptado el amor de una mujer en el pasado y ese hecho le había arruinado a ella la vida.

Dejar que Antonella se marchara había sido lo más duro y generoso que había hecho en toda su vida. No podía regresar.

Todo había terminado.

Capítulo 14

EL VERANO estaba llegando a su fin. Los días se iban haciendo más cortos a medida que el sol se dirigía a su campamento de invierno en el cielo. Antonella sonrió a la niña que saltaba a la comba en el patio.

–Va muy bien –le dijo la *signora* Foretti, la directora del albergue infantil–. Ahora sus pesadillas son menos frecuentes. Su psicólogo dice que está avanzando mucho.

–Me alegro –replicó Antonella.

En cierto modo, la pequeña le recordaba a ella misma. Tímida, menuda, asustada de todo y de todos. A su edad, Antonella también había sido así.

–Siempre se pone muy contenta cuando usted viene a verla, *principessa*. Como todos los que viven aquí.

–*Grazie, signora*. Es un honor para mí estar aquí. Si mi experiencia sirve para ayudar a que una mujer deje al marido que la maltrata o que un niño sepa que no es culpa suya que lo maltraten, me basta.

En los dos meses que habían pasado desde que regresó a Monteverde, su vida había cambiado mucho. Seguía queriendo asistir algún día a la universidad, pero había estado tan ocupada que no había tenido tiempo de hacerlo. Se pasaba los días en el albergue y en la fundación que dirigía.

En vez de seguir siendo una fuerte de vergüenza y de angustia, su experiencia con su padre se había convertido en su fortaleza. Podía ayudar a otras mujeres y a otros niños. Su fundación iba creciendo como la espuma. Aquella misma mañana, su contable la había llamado para decir que tenían una donación muy grande procedente del extranjero. Había empezado a pensar en internacionalizar el trabajo de su fundación y aquella suma de dinero había llegado en el momento más adecuado.

Se despidió de todos los que trabajaban en el albergue y se volvió a montar en el vehículo que la llevaría de vuelta a palacio. Como siempre que se quedaba sola, no dejaba de pensar en Cristiano. No había tenido noticias suyas desde aquella tarde, en el palacio de Montebianco. Si Dante hablaba con él, nunca se lo mencionaba. No le había contado a su hermano la aventura que había tenido con Cristiano, pero tal vez su hermano había presentido algo.

Se preguntó con desesperación cuánto tiempo tardaría en superar aquellos sentimientos. Cada día que pasaba era más doloroso que el anterior.

Al menos, Monteverde se estaba recuperando. El dinero procedente de la venta de la mena estaba ayudando a animar la maltrecha economía del país. No obstante, había habido algunos contratiempos. El más importante había sido una bomba que explotó hacía dos semanas en un concurrido mercado. El mercado estaba a menos de un kilómetro de palacio. Nunca antes había sentido ella la violencia tan cercana.

En el ataque habían muerto diez personas. El ataque había sido reivindicado por un monterossano, pero el padre de Cristiano se había apresurado a condenar lo ocurrido y a afirmar que el grupo terrorista no había actuado con la aprobación o la autoridad del Estado.

Cuando estaban a punto de llegar a palacio, el coche tuvo que detenerse por el tráfico.

–¿Qué ocurre? –le preguntó Antonella al chófer.

–No lo sé, *principessa*. Podría ser una protesta.

Antonella sacó el teléfono y llamó a su hermano. Cuando él no contestó, llamó a su cuñada.

—Dante no quería decírtelo —le dijo Isabel—, pero el príncipe Cristiano está aquí.

—¿Y por qué no me lo dijo, Isabel? Cristiano di Savaré no significa nada para mí. No he hablado con él desde hace meses. Sería agradable saludarlo.

Isabel quedó en silencio.

—Dante cree que el hecho de mencionarte al príncipe te causa dolor. Te habría enviado lejos, pero no tuvo noticia de esta visita hasta esta mañana.

Antonella pensó que seguramente la visita tendría que ver con la bomba. ¿Se culparía de lo ocurrido? Seguramente.

Sin poder evitarlo, se preguntó cómo se sentiría al volver a verlo.

—Ahora mismo estoy en un atasco —dijo—. Tal vez se haya ido cuando yo llegue.

—Creo que no, querida —suspiró Isabel—. Se va a quedar a cenar. Dante ha llamado a varios de sus ministros para que asistan también. Tal vez deberías pasar la noche en un hotel.

—¿En un hotel? Por supuesto que no. Voy a regresar a casa.

—Ella —dijo Isabel—. Ha venido con una mujer...

—¿Una mujer? —repitió ella

—Sí. El príncipe Cristiano viaja ahora con una acompañante.

Antonella se miró en el espejo con satisfacción. Se había puesto un vestido azul que le sentaba como un guante. El color resaltaba el gris de sus ojos, que además había delineado con *kohl* negro. El brillo de labios le daba a su boca un aspecto jugoso, como cuando acaban de recibir un beso.

Tristemente, los besos eran tan sólo un recuerdo para ella. No había encontrado a ningún otro hombre que quisiera besar.

Se recogió el cabello sobre la nuca, de manera que los rizos oscuros le caían en brillante cascada por la espalda. Cuando se puso sus joyas, un colgante de diamantes, unos pendientes y una pequeña tiara, respiró profundamente para darse valor. Conseguiría superar la cena. Le demostraría a Cristiano que lo había olvidado por completo.

Por supuesto, no era así, pero él no tenía por qué saberlo. Evidentemente, a él no le había costado encontrar otra amante. Le enojaba que se hubiera atrevido a llevarla a su casa, sabiendo que seguramente la vería a ella. Eso sólo podía significar que era para él mucho menos de lo que había imaginado en un principio. Más bien nada.

Llegó tarde al cóctel a propósito. Decidió que, si tenía que asistir, realizaría una entrada que no pasara desapercibida para nadie. Cuando entró en la sala, con la cabeza bien alta, la conversación cesó. Todos los ojos se volvieron para mirarla. Supo el lugar que Cristiano ocupaba en el momento en el que entró en la sala, pero no lo miró. De reojo, distinguió que había una mujer a su lado. Una encantadora mujer con brillantes joyas y un vestido de seda color menta.

—*Principessa* —le dijo un camarero ofreciéndole una bandeja con copas de champán

Antonella tomó una para tener algo entre las manos. El camarero se apartó y la conversación se reinició de nuevo. Isabel se acercó corriendo a ella.

—No tenías por qué venir.

—No seas tonta. Claro que sí.

—Oh, Dios mío... —susurró Isabel mordiéndose el labio. Estaba mirando por encima del hombro de Antonella.

—¿Qué ocurre?

—Antonella...

Ella cerró los ojos brevemente al escuchar aquella voz tan sensual y profunda. En silencio, le pidió a Dios que le diera fuerzas.

—Príncipe Cristiano —replicó mientras se daba la vuelta—. Me alegro mucho de volver a verlo.

La mirada de Cristiano era abrasadora. La miró de la cabeza a los pies.

—Me gustaría hablar contigo en privado.

—Lo siento, Su Alteza —dijo ella, cuando consiguió reponerse de aquel sorprendente requerimiento—, pero eso es imposible. Están a punto de servir la cena.

—En ese caso, hablaremos después de la cena.

—Sí, por supuesto —afirmó ella, sin dejar de sonreír. Esperaba que él se marchara inmediatamente. Después de la cena, ya encontraría ella una razón para ausentarse.

—¿Puedo acompañarte a la mesa? —le preguntó él tomándole la mano antes de que ella tuviera oportunidad de responder.

—Por supuesto.

Por suerte, una vez que Antonella estuvo sentada, él tuvo que dirigirse al lugar que se le había asignado.

La cena resultó interminable. Cristiano estaba sentado a poca distancia de ella. Aunque no desatendía la cortesía, Antonella era muy consciente de todos los gestos que hacía. Su acompañante era una hermosa mujer que sonreía mucho. No era de extrañar. Compartía la cama con un hombre que sabía muy bien cómo hacer feliz a una mujer, al menos físicamente. Antonella la odió inmediatamente y también a sí misma por sentirse así. No era culpa de la mujer ser el objeto de deseo de Cristiano en aquellos instantes.

En cuanto se sirvió el último plato, Antonella colocó la servilleta sobre la mesa y se excusó comentando que tenía un fuerte dolor de cabeza. Ya no podía seguir fingiendo que todo iba bien mientras que el hombre que seguía amando estaba sentado a la misma mesa con su nueva amante.

Cuando se puso de pie, Cristiano la miró. Ella no le prestó atención y se marchó de la sala. El camino más rápido a sus habitaciones era a través del jardín. Salió corriendo hacia el exterior, pero mientras bajaba los escalones, un tacón se le enganchó entre los adoquines del sendero que la llevaba a través del jardín.

—Deberías ponerte unos zapatos más sensatos.

Antonella sacó el zapato y se dio la vuelta para encontrarse cara a cara con Cristiano.

—¿Qué es lo que quieres? —le preguntó ella. La ira era su único refugio.

—Quiero hablar contigo.

—Para ese propósito están los teléfonos. Podrías haber llamado en cualquier momento de estos dos últimos meses.

Cristiano dio un paso al frente. Tenía las manos en los bolsillos. Su expresión era menos controlada de lo que había pensado. Parecía... inseguro.

—Te he echado de menos.

—No digas esas cosas. No quiero oírlo, Cristiano. No voy a volver a acostarme nunca contigo, así que te ruego que te vayas y me dejes en paz.

—Sin ti, no puedo irme.

Antonella se cubrió las orejas con las manos, pero Cristiano le agarró suavemente las muñecas y se las apartó.

—Escúchame...

—¡Suéltame! No tienes derecho, Cristiano. ¿Qué va a pensar tu novia?

–¿Mi novia? ¿De qué estás hablando?

–De la mujer que te acompaña esta noche

–No has escuchado nada de lo que se ha hablado en la mesa, ¿verdad?

–Tengo un terrible dolor de cabeza.

–Rosina es mi prima tercera por parte de mi madre. Es médico. Su especialidad es la cirugía de heridas traumáticas. Explosiones de bomba, tesoro mío. La he traído a Monteverde para que pueda ofrecer sus conocimientos.

Antonella se quedó muy sorprendida, pero sintió en el corazón una ligera esperanza.

–Es muy amable de tu parte.

–Esa bomba ha sido culpa mía. Es lo menos que puedo hacer.

–¿Cómo va a ser culpa tuya?

–Tú me advertiste que no había considerado lo profundamente que llegaba el resentimiento. Que no podría terminar con la guerra entre nuestros dos países tan fácilmente. Tenías razón.

–Gracias a ti, Monteverde se está recuperando. Nos has salvado de la ruina. Es imposible evitar que un puñado de extremistas lo quieran deshacer todo. La bomba no es culpa tuya.

–Tal vez tengas razón. Sin embargo, os he puesto bajo nuestro control sin pensar que era mejor para los monteverdianos. He venido a cambiar eso.

–No lo comprendo.

–Sólo podremos prosperar si trabajamos juntos, no si una nación manda sobre la otra. Dante es un buen hombre. Es un buen rey y es la persona adecuada para guiar a esta nación. Nuestros gobiernos trabajarán juntos hasta que termine la desconfianza y la hostilidad.

–¿Nos has devuelto los derechos sobre la mena?

–Sí. Somos avalistas de vuestra deuda, pero no mandamos sobre vosotros.

–Pero Dante podría vender el mineral a quien quiera...

–Sí. En ese caso, Raúl debería ofrecer un buen precio o ver cómo la mena de Monteverde acaba en manos de sus competidores. Te aseguro que no permitiré que esto último ocurra.

–¿Por qué haces esto?

–Equivocadamente, pensé que los monterossanos somos superiores y que era simplemente la avaricia y la testarudez de los monteverdianos lo que estaba prolongando las hostilidades entre nuestros pueblos. Pensé que podría controlar Monteverde y que así todo terminaría. Me equivoqué.

–Lo siento mucho, Cristiano.

–¿Y por qué tienes tú que sentirlo?

–Bueno, siento que todo esto no te haya dado la paz que buscabas. Me refiero a la paz personal.

–Ah, te refieres al fantasma de Julianne. He cometido muchos errores que ella no hubiera deseado que yo hiciera, pero ella ya no está y por fin estoy dispuesto a seguir con mi vida. Sabía perfectamente lo que hacía cuando se fue en ese convoy. Tal vez se lo hubiera podido impedir en aquella ocasión, pero habría habido otras.

Antonella sonrió. Por fin había aceptado que lo ocurrido no había sido culpa suya. Estaba dispuesto a volver a vivir la vida.

–Me alegro mucho por ti, Cristiano. Espero que seas feliz y que encuentre a alguien que...

–Ya la he encontrado. Te he encontrado a ti.

Antonella sintió que las rodillas se le doblaban. Tuvo que agarrarse a la balaustrada de piedra para no caerse.

–Te ruego que no me atormentes, Cristiano. No podría soportar volver a ver cómo te marchas.

Cristiano le colocó la mano en la mejilla. Los dedos le temblaban. De no haber sido por eso, ella se habría dado la vuelta. Esa señal de vulnerabilidad le hizo pensar que Cristiano podría sentir algo por ella después de todo.

—Me resulta muy difícil sentir el amor cuando me aterra poder perderte, pero así es. Te amo, Antonella.

Ella no pudo contener las lágrimas que comenzaron a caerle por las mejillas.

—Quiero creerte, pero tengo miedo.

Cristiano la tomó entre sus brazos y la acurrucó contra su pecho como si fuera lo más valioso para él.

—No. Eres la persona más valiente que he conocido nunca. Más valiente que yo.

—No...

—Sí. Yo creía que la valentía se encontraba en las cosas heroicas, como salvar a las princesas de árboles caídos, pero va mucho más allá. La verdadera valentía viene de enfrentarse a nuestros miedos, a negarse a aceptar las verdades, por duras que éstas sean. Tú me lo enseñaste. He tardado demasiado tiempo en darme cuenta de la verdad, pero deseo pasar el resto de mis días compensándotelo.

Antonella lo abrazó con fuerza. Entonces, echó la cabeza hacia atrás para que él pudiera besarla. El beso fue todo lo que ella recordaba... y mucho más.

—Dime que sigues amándome, Antonella —susurró él—. Dime que no he estropeado lo que sientes por mí.

—Yo... necesito tiempo.

—Por supuesto. Todo esto es demasiado. Demasiado pronto. Sin embargo, jamás he sido un hombre paciente cuando sé lo que quiero, aunque por ti estoy dispuesto a intentarlo.

—¿Qué es lo que quieres, Cristiano?

—A ti. Te quiero a ti. Creía que ya te lo había dicho.

—No sé lo que eso significa exactamente. Podrías querer una aventura o...

—Antonella, *amore mio* —la interrumpió él tomándole el rostro entre las manos—. Lo quiero todo. Quiero una aventura que dure toda una vida. Te quiero a mi lado todos los días. Quiero que seas mi princesa, mi reina y la madre de mis hijos.

—¿Estás seguro? No te resultará fácil. Yo soy de Monteverde y...

—Te amo, Antonella. No voy a presentar más excusas. Si tuviera que renunciar a mi lugar en la sucesión por ti, lo haría.

—Yo jamás te pediría algo así.

Cristiano le dio un beso en la frente.

—No te queda elección. Para estar contigo, sería capaz de dejar mucho más que un trono.

—No quiero que tengas que renunciar a nada.

Cristiano sonrió.

—En ese caso, dime que te casarás conmigo y que me vas a sacar del sufrimiento en el que vivo. Llevo dos meses sin dormir y sin ser feliz. Si te casas conmigo, lo recuperaré todo.

Antonella estaba dejando paso a la esperanza. Estaba empezando a creer...

—Espero que estés seguro de esto.

—Más seguro de lo que nunca lo he estado.

—Creo en ti, Cristiano. Te confío mi alma. Llevo haciéndolo prácticamente desde el momento en que te conocí.

—¿Significa eso que me amas? ¿Que te casarás conmigo?

—Sí. A las dos cosas.

—*Grazie a Dio* —susurró él—. *Non posso vivere senza voi.*

—Yo tampoco puedo vivir sin ti, Cristiano. *Ti amo.*

Epílogo

ANTONELLA di Savaré, Su Alteza Real la princesa de Monterosso, estaba sentada en una hamaca al lado de la piscina. Tenía los ojos cerrados para poder disfrutar del sol. Resultaba doblemente agradable porque la noche anterior no había dormido muy bien.

Oía las risas y los chapoteos, pero sabía que la *signora* Giovanni lo tenía todo bajo control.

Sintió que alguien se aproximaba a ella. No tuvo que abrir los ojos para saber de quién se trataba. Hubiera reconocido aquel aroma en cualquier parte.

—Sé que estás despierta —dijo él tras darle un beso en la frente.

—Dame un beso como es debido, Cristiano.

—Pues, mírame.

Ella obedeció y él la besó tan apasionadamente que prácticamente la dejó sin aliento.

—Te deseo. Ahora mismo —gruñó él.

—¿No tuviste bastante anoche?

—Ya sabes que no. Antonio te necesitaba cuando las cosas se estaban empezando a poner interesantes.

—Es un bebé que demanda mucha atención —dijo ella, bostezando.

—Estás muy cansada. Ve a dormir un rato. Yo le diré a la *signora* Giovanni dónde estás.

—Le prometí a Cristiana que después la llevaría a comprar un helado.

–Tenemos helado aquí –comentó él con incredulidad.

–Lo sé, pero a tu hija le gusta ir a la heladería y pedirlo ella sola.

–Tiene dos años. ¿Cómo es eso posible?

–No lo sé, pero lo es. Creo que se lo ha enseñado su tío Dante.

–Muy bien, pero la llevaré yo. Tú debes descansar. Entre los niños y tu trabajo con la fundación, en ocasiones me preocupas.

–Estoy bien, Cristiano. ¿Cómo ha ido hoy tu reunión? –le preguntó ella acariciándole suavemente el brazo.

–Muy bien. Dante e Isabel mandan recuerdos. Quieren que vayamos mañana a cenar con ellos.

Antonella sonrió. En los tres años que llevaba casada con Cristiano, la vida se había portado bien con ella. Tenían dos hermosos hijos, sus naciones estaban en paz y la prosperidad había regresado a Monteverde. Aún había facciones que requerían cierta vigilancia, pero llevaban más de un año sin actos de violencia. Incluso se había producido un incremento en el número de matrimonios entre las dos naciones.

–Estupendo, pero tengo más ganas aún de otra cosa –dijo ella.

Los ojos de Dante ardieron de pasión.

–Tienes que dormir, *amore mio*. No me tientes...

Antonella le colocó la mano en la abultada erección.

–Me deseas.

–Sí, claro que te deseo.

–Dormiré mucho mejor si me haces el amor en primer lugar.

Cristiano la tomó en brazos y llamó a la *signora* Giovanni. Antonella se echó a reír mientras él la llevaba al dormitorio.

–Resulta muy fácil seducirte...

–Me parece recordar que fui yo quien trató de rechazarte la primera vez que hicimos el amor, pero tú no me dejaste –comentó él mientras cerraba la puerta del dormitorio y echaba la llave.

–Estoy encantada de que no seas tan firme en tus convicciones como finges ser.

–¿Cómo dices? Voy a demostrarte ahora mismo lo decidido que puedo llegar a ser.

–¿Y qué vas a hacer, amor mío?

–Demostrarte que me conviertes en un hombre completo. Que, sin ti, estaría perdido.

Los ojos de Antonella se llenaron de lágrimas.

–Te amo, Cristiano.

Él la tomó entre sus brazos y la besó.

–Eso es de lo que yo estoy profundamente agradecido...

Bianca

*Ella sabe que le debe a su marido, y a sí misma,
una segunda oportunidad*

Angie de Calvhos había
cho de corazón sus votos
trimoniales. Una pena que
que, su marido, no hubie-
sido igualmente sincero.
a, que había esperado un
trimonio feliz, se encontró
n una humillante separa-
n publicada en todos los
dios pocos meses des-
s de la boda.

Ahora, por fin, había en-
ntrado el valor para dejar
ser la esposa de Roque de
lvhos de una vez por todas.
ro había olvidado la pode-
a atracción que sentía por
marido…

*Una segunda
luna de miel*

Michelle Reid

Acepte 2 de nuestras mejores novelas de amor GRATIS

¡Y reciba un regalo sorpresa!

Oferta especial de tiempo limitad

Rellene el cupón y envíelo a
Harlequin Reader Service®
3010 Walden Ave.
P.O. Box 1867
Buffalo, N.Y. 14240-1867

¡Sí! Por favor, envíenme 2 novelas de amor de Harlequin (1 Bianca®
1 Deseo®) gratis, más el regalo sorpresa. Luego remítanme 4 novelas nuev
todos los meses, las cuales recibiré mucho antes de que aparezcan en librería
y factúrenme al bajo precio de $3,24 cada una, más $0,25 por envío
impuesto de ventas, si corresponde*. Este es el precio total, y es un ahorro
casi el 20% sobre el precio de portada. !Una oferta excelente! Entiendo que
hecho de aceptar estos libros y el regalo no me obliga en forma alguna a
compra de libros adicionales. Y también que puedo devolver cualquier envío
cancelar en cualquier momento. Aún si decido no comprar ningún otro libro
Harlequin, los 2 libros gratis y el regalo sorpresa son míos para siempre.

416 LBN DU

Nombre y apellido	(Por favor, letra de molde)
Dirección	Apartamento No.
Ciudad	Estado	Zona postal

Esta oferta se limita a un pedido por hogar y no está disponible para los subscriptores
actuales de Deseo® y Bianca®.
*Los términos y precios quedan sujetos a cambios sin aviso previo.
Impuestos de ventas aplican en N.Y.

SPN-03   ©2003 Harlequin Enterprises Limited

Deseo™

Treinta días de romance

CATHERINE MANN

a intrépida reportera Kate Harper
etendía infiltrarse en la familia real
trando por el dormitorio del prínci-
Duarte Medina. Pero Duarte había
llado a la reportera con las manos
la masa… y pensaba aprovecharse
ello; si Kate Harper quería su artícu-
tendría que aceptar sus condicio-
es: convertirse en su prometida.
ería un acuerdo temporal para tran-
uilizar al padre de Duarte, pues de
ngún modo el hijo mediano de los
edina pensaba dejar de ser soltero.

*Sería suya durante los siguientes
treinta días con sus treinta noches*

Bianca™

*Aquella noche con ella… traería consecuencias
nueve meses después*

El lujoso Ferrari desper-
taba miradas de curiosidad
en el tranquilo pueblecito in-
glés de Little Molting, pero
para la profesora Kelly Jen-
kins sólo significaba una cosa: Alexos Zagorakis había
vuelto a su vida.

Cuatro años antes, con el
ramo de novia en la mano,
Kelly supo que su guapísimo
prometido griego no iba a
reunirse con ella en el altar.

Ahora él había vuelto
para exigir lo que era suyo.

*Nueve meses
después*

Sarah Morgan